一念相思，
一念执着

仓央嘉措
与
纳兰容若

张馨桐 - 著

文汇出版社

图书在版编目（CIP）数据

一念相思，一念执着：仓央嘉措与纳兰容若/张馨桐著.--上海：文汇出版社，2016.1

ISBN 978-7-5496-1648-0

Ⅰ.①一…　Ⅱ.①张…　Ⅲ.①仓央嘉措（1683～1706）—诗歌欣赏②纳兰性德（1654～1685）—词（文学）—诗歌欣赏　Ⅳ.①I207.22②I207.23

中国版本图书馆CIP数据核字（2015）第249097号

一念相思，一念执着：仓央嘉措与纳兰容若

出 版 人 / 桂国强

作　　者 / 张馨桐

责任编辑 / 戴　铮

封面装帧 / 粉粉猫

出版发行 / 文汇出版社

上海市威海路755号

（邮政编码200041）

经　　销 / 全国新华书店

印刷装订 / 三河市金泰源印务有限公司

版　　次 / 2016年1月第1版

印　　次 / 2016年1月第1次印刷

开　　本 / 889×1194　1/32

字　　数 / 163千字

印　　张 / 8

ISBN 978-7-5496-1648-0

定　价：32.80元

目录

序

　　走在入夏的天气里，连这空气中，都浸透了一丝暑气。忽而一场细雨袭来，轻笼一池碧波，泛起荷花清香，便有种改换了天地，轮回了时光的错觉。也许在这样的日子里，更能寻找一条迷途的小路，到达一栋安静的宅院，任凭岁月颠沛流离，固守心中静好悠长。

　　六月之初，去了一趟平时比较少踏足的，位于京城什刹海河畔的宋庆龄故居。早就知道这里曾是声名显赫的纳兰府邸，也正是在这个院子里，孕育出纳兰容若这等心思妙灵、才华横溢的公子。

　　百年前容若亲手种下的那两棵合欢树，宛若仰俯千年的守望者，摒弃名利，笑看红尘，日复一日，凝成了永恒的姿态。而他的文字，也在岁月的沉积里，如一枝清丽的花绽放枝头，又似一滴长情的泪，打湿一颗又一颗因爱过而柔软的心灵。

　　而容若那对挣脱世俗、自由飞翔的渴望，也许当时无人能懂。但在千里外的雪域高原，那片圣洁而又神秘的土地上，二十几年后，同样诞生了这样一位享尽尊宠，却又寂寞如斯的人，他便是仓央嘉措。

　　容若与仓央嘉措，都是浸染在红尘中，却又迷失在宿命里的男子。

他们跌宕半生，看似拥有了一切，实则除了那些能记录下前世今生的文字外，又一无所得。只是在尘世荒凉游走一番后，总会有些记忆，会被人深深铭刻，却又无处投递。只能安放在心里，成了一场萍聚，两相别离。

当仓央嘉措遇上纳兰容若，仿佛一朵莲花，相逢了初雪，他们都是那样多情，但偏不能如愿，也许正是因为有了缺憾，所以他们的诗篇，字里行间都是那样感人肺腑，超脱了繁华，又带着动人心魄的华贵。

其实，我们心里都明白，没有人生来便看穿了浮躁，看透了繁华，只是那浮世一曲，总不知拨动着琴弦，悠扬飘向了何方。无论有情，抑或无意，都终会淹没在浩海中，痕迹难寻。百年一叹，不过在转身之间。

仓央嘉措与纳兰容若，在这样一个稍稍驱散了炎热的雨季，掩去窗外那丝丝缕缕的繁华虚浮，捧书读这两段书写了百年的传奇，细细品来，却觉并非轰轰烈烈，那样的低调雅致，倒似沉淀了多年的酒，虽稍带浓烈，却备感甘醇。也许，正是这样的文字，这样的诗词，才能富有感染人心的力量。

莫道西风独自凉，在这跨越百年的长河中，独自寻找心灵的契合。任时光细细记录，任温暖慢慢滋养，任细雨悠悠浸染，绽开情花，曾驻人间。

卷一 那一场流年盛开的前尘

人之一生，究竟是要从出生开始计量，还是仅仅延续了前世中，未曾完结的一场轮回之约？"人生若只如初见，何事秋风悲画扇。"只怕是那千百世的人生行途，风景际遇总有不同，想要始终如初，却只在容若长情的心中。

而仓央嘉措，亦是个"忘却了所有，抛却了信仰，舍弃了轮回"的情郎，仿佛天地间只有这执着一念，知道无法一切如初，所以不想相约来世，重新开始，唯愿今生一醉，共度不醒。

正是因为有了这样微妙的开始，才会走上那相似的道路，使两人的心灵，跨越了时空，牵连到了一起。不管今世注定的轮回，还是回眸间无意结下的缘分，都是璀璨绽放的烟花，光华一瞬，自在人心。但在那许多的山穷水尽之后，也许有些愿望，还是无法挽留，便如浮云，化作云烟，终究成空。

（一）为爱而生

"人生若只如初见，何事秋风悲画扇。等闲变却故人心，却道故心人易变。"最先认识容若，是从这首《饮水词》中的《木兰花·拟古决绝词》。很多人喜欢容若之词，是因其婉转缠绵，犹如丝竹，但若深品，容若之词，总从浮世的清欢中，流露出几分薄凉来。

好像在一个阴雨天，轻倚在漆色有些斑驳的老木窗前，耳边回想着一首低吟浅唱的情歌，而往往这情这境，却读得并非相爱浓烈，而是失恋的寂寥，抑或，如今已然淹没在前尘中，那多年前曾经有过的幸福。

即使过往已经擦肩，许多前世，都散落在了记忆中，不复找寻，但千百世的流转之后，总会留下些相似，不会随风而逝，比如，那份深植的性情。无论安静从容，抑或跌宕起伏，只要那些时光，不曾被虚度，便在红尘的浸染中，化作了悠扬的曲调。

常在想，能写出这样句子的男子，该是怎样一副面貌。定是白衣胜雪，一袭浅影，落英缤纷中，回眸凝望，日光轻柔，在他身上洒落下飘逸光辉，那种优雅翩然的姿态，浑然天成，且难以效颦。

世人描写容若，常用浊世公子，君子如玉，却不知，心事暗影浮动，掠过幽窗。

繁花似锦，富贵荣华，不过三千浮尘，云水一场，空柳一夏，浮生一梦，来去皆是匆匆。流年如水，三生一梦，常是身不由己。后人赋予容若的评价，将他赞誉为"清朝第一词人"，但诗词若此，空有才情并不够，还要有一颗纤细敏感的心，和那感同身受的过往。若是红尘一度后，满怀心伤，不知可否能够选择生于平凡，而现世安稳。

反复念着"容若"二字，自然便有种清雅之感，跃然纸上，因此，还是更习惯以此来称呼容若，倒鲜用他的本名——纳兰性德。这名字，在他身上烙下了太过沉重的印记，使得他始终无法遂愿生活。仿佛一只苍茫海上漂泊的小舟，望断去路，难寻归途。

不是人间富贵花，奈何生在帝王家。这般造化弄人，即便是看惯了秋月春风，人生悲喜的人，亦不免嗟叹。在花开之前，谁也难以品出今春的芬芳，不能料想那芳菲之下，层林尽染。人生也若读一本无字之书，翻开前的下一页，永远是空白。万物起落有定，但却不知，那支浸染人间烟火的宿世之笔，会在时光中，勾勒出何种轮廓，等候那被羁绊旅人的到来。

容若的旅程，便是从紫禁城下，那座显赫的官邸，和一个叫作纳兰的家族而开始。人生浮世，宛若一条神奇的河流，缓缓涤荡过那条叫作红尘的河，被宿世的烟火所浸染，又像是一杯清茶，需要掬在手心，浅浅品来，慢慢流转。

人之所以有情，大抵是本性使然，没有人生来便是薄凉。但被命运赋予了不同的去路，有时，前尘便迷失在了其中，像那被秋雨打湿的落花，花事已过，有许多事，都偏要走到了最后，才能知晓。

　　长才与长情不免相通，都是那上天早已注定，却又总在人间徒留些许遗憾。所以，有才之人多为情所苦，历史上那些才子佳人的故事，唱出的仅是掠眼的风光繁华，而一曲落幕，唱戏人背后那凄凉叹息，又有谁人听闻？于是，他们将那些红尘中流转的辛酸，午夜梦回的心痛，黯然难言的神伤，皆付诸了文字，便成了行云流水的诗篇。

　　有时也会想，何时自己也能成为一个诉尽心绪的诗人，但那些华丽掩盖下的沧桑，却不敢轻易碰触。还是更加习惯守着静谧的一方天地，并不轰轰烈烈，并不惊天动地，只做那沧海横流中的一朵水花，悠扬曲调中的一个音符，锦瑟春日下的一抹流光。

　　容若之母，也出自一个同样显赫的家族，英亲王阿济格第五女，爱新觉罗氏。纳兰明珠颇有执政长才，官场沉浮，游刃有余，而爱新觉罗氏，则持家有方，井井有条。即便是暗含政治婚姻的味道，这种琴瑟之和谐，纵使平淡，却未尝不是一种美满幸福。

　　世间姻缘，本不就是如此？冥冥中，早有牵系，不会太早，亦不会太迟，只是我们所惆怅的，是不知它何时而至罢了。那种守望，和望不到边，又无法放弃的希望，远比得失更能牵动人心，更能令人心绪难平。

　　容若有个精明的母亲，睿智的父亲，诚然，容若无论在任何人眼中，都与犀利沾染不上，更似春水，荡漾出轻轻的涟漪，又像秋风，夹带出冬日降至的凄冷。无论是哪一面，他皆是翩然若一场柔和之梦，浮生太短暂，梦醒了无痕；思意太绵长，伴君绕天涯。

世人都道，水波无心，其实，世上万事万物，又有哪一桩是真正无情无义呢？那水波之心，才正是柔和缱绻，包容万物，但偏又无法离了河岸，独自激滟。人生更像是一条神奇的河流，千帆过尽，任凭西东。

再品容若那首脍炙人口的《饮水词》，却更增添了几分深邃——

人生若只如初见，何事秋风悲画扇。等闲变却
故人心，却道故心人易变。

骊山语罢清宵半，泪雨霖铃终不怨。何如薄幸
锦衣郎，比翼连枝当日愿。

无论是红颜未老恩先断，孤单终老的班婕妤，或是山盟犹在，芳魂已矣的杨玉环，皆是那陷于情，又伤于此的不幸女子。至于容若，他始终追求的，就只有能够自由徜徉的生活，以及一段能够触摸灵魂的爱恋。那些权势钱财，不过是身外之物，从来非他所求。

正如他"容若"二字，简单飘逸。《荀子》有云，"君子宽而不慢，廉而不刿，辩而不争，察而不激，寡立而不胜，坚强而不暴，柔从而不流，恭敬谨慎而容"，行止至此，方为真正君子。"容"字的出处，便是"恭敬谨慎而容"。

家家争唱《饮水词》，纳兰心事几人知？上天终究是公平的，并没有对某个人而特别眷顾。那个不懂得从善如流的清雅公子，纵使已经赋予了他太多，但却唯独，没给他个快乐的理由，唯有百年之后，化作尘埃，那些光阴里的纷扰，才能一笔勾销。

（二）雪域莲花

岁月山河，总是那样真实，然而在这入眼的喧嚣之中，有一道清风，源自于心。敛身幽谷远尘埃，天光云影任徘徊。不须天风来相催，自在花儿静静开。落花流水，光阴荏苒，不过红尘一度，杳杳人世，几番沉浮，只那静静的风景，才是最渴望停泊的皈依。

佛说：一切自知，一切心知，月有盈缺，潮有涨落，浮浮沉沉方为太平。人的一生，有太多无法选择，望到春花，却难窥秋月；望到了冬雪，却难感受夏风，那一生错落的景致，谁也难言结局。望尽千帆何处是，归心渺渺如雾恍，十年生死两茫茫。红尘散场，那些戏剧中的喜怒哀乐，相聚离别，看戏人在旁，那反复吟唱千年曲调的，却唯有自己。

容若赋予了自己一个充满禅机的名字，不知与佛牵手之人，是否都能够参透凡俗？但容若却并没能摆脱了红尘情爱的束缚，同样，那个被佛赋予了名字的人，亦是如此。也许，他还不如容若幸运，因为他必须忘记自己，甚至那个当初的名字，和所有前尘往事。

人们说，他是天意，是雪域高原上一颗璀璨的明珠；也有人说，他是世间最美的情郎，是佛前牵手的一朵莲花。但他其实，更是个被命运紧紧束缚的凡人。他的诗，字里行间都宛若一首悠扬的情歌，充满了前世今生里，对那些曾经来过与错身爱情的祭奠。他，就是仓央嘉措。

与披着一层光环的容若不一样，仓央嘉措的出身，仿佛尘埃中的一颗沙粒，平实又普通。但即使只是出身在一个偏僻而又穷苦的小村子里，磨难霜华，也无法掩去他的光芒。就好像人海茫茫之中，早已写定了不能淹没的际遇。但上天对于他，总还是公平的，虽然在后来的日子里，种种不如意如影随形，但至少，他有恩爱的父母，在他们的呵护下出生。

五世达赖罗桑嘉措身后，将仓央嘉措的宿命，与那座辉煌的宫殿联系起来；与那无可奈何的流年联系起来；与那不朽的传说联系起来。从此就注定他的人生，会饮下那许多泪痕，扮演着别人眼中的角色，将命运交付在乱世流离中，默然看着一切离自己渐行渐远，最终成为了那最孤独的一道身影。

那些流转后的前尘，却不会因跨越了千年，而淹没在尘埃里，遍寻不到痕迹，而是在佛殿的袅袅沉香中，佛堂前的飞檐铃声里，越发清晰起来。生命也许就是种因果循环，今生种下的因，便是来世结出的果。

只是多了"因果"二字，似乎就注定了太多身不由己的行途。在这不得已的尘世相约中，错过了花期，荒芜了春夏，遗失了牵手中那本以为会地老天荒的誓言。这时才会无奈发觉，有些结局不是为了改写，而只能用来兑现，擦肩而过，遍尝苦涩，一直走到毫无退路。

世间纠缠，万般缥缈，仓央嘉措与容若，相隔不过数十年，但那身不由己的命运，却是何等相似。忽想起朋友寻书法字画，想要"舍得"二字，世事沉沦中，究竟有多少舍与得？而其中的界限，谁又能分辨得清？来时的道路，既然不能选择，又何苦迷失在行途中，让执着掩盖了去路？不如放手，百年老去后，红尘之中，潇洒一笑，一笔勾销。

静静的午后，望着自己指尖流淌出的文字，竟有种宛如隔世的不真实感。文字竟是带着如此深沉的情绪，其中沉淀的回忆，追忆的往事，如潮水氤氲而来，淹没喧闹，穿越浮华，然后深深地与每一段年华联系在一起，纠缠不清。

唯有轮回过，方知修行苦；唯有品味过，才知爱恨长。让我们不如摒弃始终，在那行步匆匆中，躲在静谧的屋檐下小憩，只从那行云流水的文字中，去体会仓央嘉措内心最深处的柔软——

那一日
我闭目在经殿的香雾中
蓦然听见你诵经的真言
那一月
我摇动所有的经筒，不为超度
只为触摸你的指尖

那一年

磕长头匍匐在山路，不为觐见

只为贴着你的温暖

那一世

转山转水转佛塔，不为修来世

只为途中与你相见

那一刻

我升起风马，不为乞福

只为守候你的到来

那一天

垒起玛尼堆，不为修德

只为投下你心湖的石子

那一夜

听一宿梵唱，不为参悟

只为寻找你的一丝气息

那一瞬

我飞羽成仙，不为长生

只为佑你平安喜乐

那一日，那一月，那一年，那一世……

只是，就在那一夜

我忘却了所有

抛却了信仰，舍弃了轮回

只为，那曾在佛前哭泣的玫瑰

早已失去旧日的光泽

　　我倒觉得品读仓央嘉措的诗句，更适合在一个细雨绵绵的日子，坐一张青藤交错的摇椅，伴着窗外雨打窗棂的淅沥作响，缓缓摇动，微凉的空气中，让那触摸心灵的句子在唇齿间流淌，无须盛开，兀自芬芳。

　　想来，自己定是眷恋着这样的日子，像是一座安静的驿站，在最深的红尘里，寻最悠远的一缕宁静细致。人生不过如此，明月泪，人间梦，红尘嚣，转瞬空，一世花开，半世浮华，染指流年，几许人覆行岁月之流。

（三）彼时年少

有人说，当一个人开始了回忆，那便是老了，但谁又不曾有那些宛如春花的过往，恰似秋月的追忆？彼时尚不知愁滋味，不用担责备，不知人间苦累，即使沮丧，也那么坚强。只是年少总是短暂，如清风拂过流年，不会停驻。喜怒哀乐，转眼成空，来去一场，回首才发觉，能留在心中的，总是姹紫嫣红中，也许并不灿烂，却最为幸福温馨的一笔过去。

在仓央嘉措刚诞生在那片圣洁的土地时，容若已走过了他的童年和少年时光。容若也曾有过无忧无虑的童年，在查阅容若生平时，看到记载着，位于北京什刹海岸边的宋庆龄故居，便是清时纳兰府邸，不觉感触良多，却原来，自己平日工作生活的地方，就离这少年才子如此之近，甚至不足几百米。

穿过那蜿蜒的胡同，沿着风景如画的河边，一路步行便可来到这雕梁画栋、清幽雅致的院落。这院子里花木不少，但偏翠竹最为繁多。也许，草木并非无情，而远比那旁人，更明白主人心性。雨洗娟娟净，风吹细细香。但令无剪伐，会见拂云长。而容若就是在这里，度过了他的童年、少年与青年时代。

关于纳兰姓氏，《金史》记载："太祖母翼简皇后、史称拏懒氏。"《三朝北盟合编》卷三有那懒、《金史附语解》亦作纳剌当系音同字歧。太平兴国寺钟文作纳兰。此乃史籍中有关纳兰姓氏之源最早之考证矣。

容若在顺治十一年十二月十二日（1655 年 1 月 19 日）出生于满洲正黄旗。原名成德，因避皇太子胤礽（小名保成）之讳，改名性德，又因生于腊月，小时称冬郎。都说容若自幼天资聪颖，读书过目不忘，数岁时即习骑射，十七岁入太学读书，为国子监祭酒徐文元赏识，推荐给其兄内阁学士、礼部侍郎徐乾学，十八岁参加顺天府乡试，考中举人。

很多写到容若的记载，都曾提及《红楼梦》中贾宝玉，便是以容若为原型。除了流年起始，容若与贾宝玉之相通，怕是都才华横溢，却有颗不愿为束缚，而渴望自由如风的心。但这对于他们来说，皆是太难。

总是在秋风乍起时，吹乱一池碧水，而人之一生，也常在浮沉中，将心愿寄予天边明月，四季轮回。若说人生本就是种修行，那许多的磨砺与坎途，许便是掩盖起珍珠的沙粒，终会被岁月之水涤荡，露出深藏的本来面目。但浮生的真容，却或鼎盛，或荒芜，无从选择，一梦难寻。总在一路烟尘中，吟唱着一曲注定伤怀的调子，然后奔赴更为苍茫无垠的旅程。

仿如一颗明星，缀于天际，又似一轮月色，辉映了整个穹庐，有些人，注定为文字而生。容若之才，不用多言，只需从诗文中便可诠释。容若词作众多，翻阅遍寻，现今留存下一首《元夜月蚀》，传说是容若十岁时所作——

　　星球映彻，一痕微褪梅梢雪。紫姑待话经年别，窃药心灰，慵把菱花揭。

　　踏歌才起清钲歇，扇纨仍似秋期洁。天公毕竟风流绝，教看蛾眉，特放些时缺。

　　上片以"星球映彻"之景起，接以月初蚀，令梅梢之雪不明之景，下二句则以嫦娥懒得揭开菱花镜喻蚀甚。下片又由蚀甚写到月蚀渐出之景，并用踏歌、清钲、扇纨、蛾眉等风物渲染，颇多含蕴要眇，极见情味。

　　但这般风华无限的翩翩公子，亦非一帆风顺。展现在容若面前的，是一条早已铺就好的道路，青石为板，繁花如锦，只待他的才华，为此锦上添花，使得仕途能够乘风破浪，直入沧海。但却在他十九岁，意气风发准备参加会试时，生了一场大病，终是那一年，与功名错身而过。

　　容若之心，不在朝堂，那么与会试错身，于他来说，自然并非坏事。虽是令父母有些失望，但容若却有了更多属于自己的时间。尔后数年中，他更发奋研读，并拜徐乾学为师。在名师的指导下，他在两年中，主持编纂了一部1792卷的儒学汇编——《通志堂经解》，颇受皇上赏识。他又把搜读经史过程中的见闻和学友传述记录整理成文，用三四年时间编成四卷集《渌水亭杂识》，其中包含历史、地理、天文、历算、佛学、音乐、文学、考证等方面知识。

人常说，祸福相伴，我想，这大抵是自在人心。若能就此听竹伴雨，轩窗品茶，清晨披一缕霞光，沁一丝晨风，黄昏染一抹橙彩，掩一世寂寥，也是一种从容洒脱的人生。浮生若茶，芬芳自品；浮生如水，冷暖自知；浮生似酒，醉在了谁人流年？

行遍一生，总有一些改变不了的宿命，这种上天的编排，让我们无从选择。或许，从来我们就都是那浮生中的匆匆旅人，来来往往，浮光掠影，不过如此。这世上，永远不缺任何一个存在，谁也不需要为谁去背负，随心、随性、随缘，便是最好的人生。

但容若的人生，总还要沿着既定的道路走下去。容若二十二岁时，再次参加进士考试，以优异成绩考中二甲第七名。康熙皇帝授他三等侍卫的官职，以后升为二等，再升为一等。在如今看来，他似乎风光无限，更为他精彩绝艳的传说，增添了浓墨重彩的一笔。

容若身为御前侍卫，自是武官之职，却有着更胜文人的细腻与文采，但正是这一点，便为他本该一帆风顺的人生行途，埋上了悲剧的伏笔。也许是造化弄人，容若性情，偏偏是"虽履盛处丰，抑然不自多。于世无所芬华，若戚戚于富贵而以贫贱为可安者。身在高门广厦，常有山泽鱼鸟之思"。功名利禄，荣华富贵，从不是容若所求，反而成为他心中一种负累，渐渐厌倦成疠。

人说文字总是与心境相连，或是心意所至，或是心之所往，读来容若的诗词，却很难分辨出究竟是哪一种。或许是同文字打交道的人，都总会有些痴念，偶尔会期望抛却所有，寻一个清幽水畔，小镇人家，每日睡到晨光浮现，然后倚窗望去，耳畔传来孩童无忧的嬉闹声，和簌簌清风微响，忽而文思泉涌，让文字流淌于笔尖。

然而，这毕竟是太过美好的画面。真正的平静，取于闹市，却始终无法甩脱喧嚣，唯有内心宁静，简单若净水，方可少了那许多执迷不悟，那许多痛彻心扉。但只是洒脱淡然，却不要清冷。细细品味那被烟火浸染的人生百色，世情冷暖，然后，在华发染霜时，才不会辜负了红尘一遭。

（四）殿前风光

踏着一条鲜花铺就的道路，便有芬芳扑面而来，才恍然觉出，春天是真的来到了身边。许多人品评容若，总喜欢将其和秋日悲凉牵系在一起，透出几分秋的萧瑟，与期待冰雪的傲骨。但须知人生起落如潮汐，有傍晚残阳，便有晨曦轻柔；有秋的寒凉，便有春的熠熠。

于那春日信步水边，杨柳妖娆，花事初启，微风拂面，嗅着湖光山色中，水波蔓延飘来的水汽，便觉心思舒展。也许那掩尽了芳华之后，便会归于永寂的尘土，堂前的新泥，但眼下却芳菲满目，浸透心扉。赴这一场轮回的盛世，何必去管飘落的凋零？那些亲历的山水，铭刻在记忆里的风景，片刻，即是永恒。

容若有着显赫的出身，惊世的才华，受到赏识，自然仕途平顺。他随皇帝南巡北狩，游历四方，奉命参与重要的战略筹划，随皇上唱和诗词，译制著述，因称圣意，多次受到恩赏，是人们羡慕的文武兼备的年少英才，帝王器重的随身近臣，前途无量的达官显贵。

但作为诗文艺术的奇才，他在内心深处厌倦官场庸俗和侍从生活，无心功名利禄。虽"身在高门广厦，常有山泽鱼鸟之思"。他心中所求，是那采菊东篱、安居南山的淡泊；是那山水豪情、琴瑟有之的怡然，却远非功名利禄，身外之才。因此，越是风光无限，他的内心，想必越是苦不堪言。

对于容若来说，现实与理想的差距，总是相隔了山长水远，蓬山万里。他不过做了一颗被岁月命运摆放好位置的棋子，无论怎样行走，终走不出这纵横交错的方寸棋盘。这正是容若一生的枷锁，一世的伤怀。

也许我们每个人，也都曾有过这种无力的感觉，可更多时候，我们却更愿选择反抗，不去亲尝一下结局，又怎知能否开花结果？这种不甘，就称之为执着吧？只是若是沉浸在执着一念中无法自拔，就真的入了魔。

容若诗文均很出色，尤以词作杰出著称于世。二十四岁时，他把自己的词作编选成集，名为《侧帽集》，后更名为《饮水词》，再后有人将两部词集增遗补缺，共三百四十二首，编辑一处，名为《纳兰词》。传世的《纳兰词》在当时社会上就享有盛誉，为文人、学士等高度评价，成为那个时代词坛的杰出代表。

在交友上，容若最为突出的特点，便是其所交"皆一时俊异，于世所称落落难合者"，这些不肯脱俗之人，多为江南汉族布衣文人，如顾贞观、严绳孙、朱彝尊、陈维崧、姜宸英等等。由此不难窥见，容若不肯媚俗折腰的风骨傲气。

> 空山梵呗静，水月影俱沉。悠然一境人外，都
> 不许尘侵。岁晚忆曾游处，犹记半竿斜照，一抹界
> 疏林。绝顶茅庵里，老衲正孤吟。
>
> 云中锡，溪头钓，涧边琴。此生著几两屐，谁
> 识卧游心。准拟乘风归去，错向槐安回首，何日得
> 投簪。布袜青鞋约，但向画图寻。

这一首《水调歌头·题西山秋爽图》，分上下两阕，上阕描写画中所见景色，下阕写由景色引发的感慨，表达了对清净生活的向往和不能实现的无奈。想来容若诗词中，多次提及归隐与寺庙依稀诵经声，这大约也是他心之所往。

佛殿前焚香袅袅，耳畔传来虔诚的吟诵声，即便不是那供奉佛祖的善男信女，也不免能从这遗世独立的宁静中，参悟出禅意一点。只是，岁月匆匆，多是无情，造就了穿透心防的那一丝孤单寂寥，撕破了故作无谓的浮沉姿态，然后，作为红尘里的凡夫俗子，还是终难免对那些春花秋月，陌上相逢，花好月圆，有着一丝说不清、道不明的企盼。

> 正是辘轳金井，满砌落花红冷。蓦地一相逢，
> 心事眼波难定。

谁省，谁省，从此簟纹灯影。

容若将他所有对红尘邂逅的美好愿望，都倾注在这一首《如梦令》中，他期待有个温柔静好的女子，在阑珊的暮春时节，两人突然相逢，那一眼，便惊醒了所有前世今生里的爱恋。于是，深宵的青灯旁、孤枕畔，又多了一个辗转反侧的不眠人。

这大抵是个无果的伏笔，因为并不是每个相逢，都能依照心意，开花结果，总有太多尘缘，被湮没在未尽的人生行途中，即便心中万般苦，本是相亲相爱人，如花美眷，似水流年，经年之后，亦会如花隔云端，成为了朦胧中摇曳在午夜梦回的一道风景。犹如水中花、镜中月，伸手触摸，化作虚无。梦境与现实，往往不过光阴之隔，却阻止不了风云变幻。

人之一生，花期短暂，许多人大抵都希望能够绽放在花海之中，成为艳冠群芳的最美那一道风景。其实，那种高处不胜寒的悲凉冷暖，心中自知。也许偏要是亲历了这种镜花水月的人，才更能体会山野淡然、采菊东篱的惬意与珍贵。回首发觉，那些虚度的追逐光阴，远不如淡然品来，茶香千里的悠远。

人常道容若翩翩君子如玉，生在八旗，却并未浸染了纨绔风气。虽然家世辉煌，吃穿无忧，却没有以此作为放纵的理由。容若的生活，大多与文字牵系在一起，临窗赏月，泛舟寻芳，清雅中流露出清韵来。这种韵味，寻常人读得出，却解不得。

容若出身显赫，官职加身，却从不看低那些布衣友人。容若待朋友，热忱而真挚。他敬重他们的品格和才华，且不时仗义疏财，解人危难。就像平原君食客三千一样，当时许多的名士才子都围绕在他身边，使得其住所渌水亭（现宋庆龄故居内恩波亭）因文人骚客雅聚而著名。

容若有个"生馆死殡"的佳话：当年，大学者吴兆骞因事牵连，被康熙皇帝大笔一挥，就流放到了黑龙江。好友无锡人顾贞观为他鸣不平，并向容若求援。词人顾贞观是容若好友，他为这事情写了两首《金缕曲》给容若，容若为之感动，认为顾贞观的这两首以书信形式填写的词，完全可以同西汉苏武和李陵的赠答诗、西晋向秀的《思旧赋》媲美，堪称文坛三件极品。于是，他回信说，此事十年之内一定会想方设法解决。

但顾贞观并不满意："人寿几何？请以五载为期。"容若求助于他的宰相父亲明珠，经过一番斡旋，终于使吴兆骞劳改两年多就结束了流放生涯，回到了北京。吴兆骞回京以后，旋即被容若聘为馆师，为其弟教授学业。吴兆骞病故时，容若人在江南，他得信后立即回京，为吴兆骞操办丧事，并出资护送灵柩回到吴的家乡吴江。这就是所谓的"生馆死殡"。

容若真性情，由此事便可窥知。都说文中风骨，恰如其人，他的诗词，也以其真切纯挚的词风，哀婉动人的深情而传于世，皆受到了这些友人的深远影响。似那被惊醒了的晨光，千般浮华，万种风情，皆融入在那繁花似锦背后，不为人知的山月心事中。

与友人在一起的容若是快乐的，也只有在这片刻，他才能忘记凡尘种种束缚，得一隅的自由呼吸。只是这逍遥一瞬，太过短暂，越是充实的释放，过后便越是刻骨的寂寥。一路行来，恍然一梦，梦醒之后，还是要回归现实，做那个不能随意去书写人生故事的自己。

（五） 谁许浮华

世上各种幸福，总有相似之处，但不尽如人意一面，却也如水波漫漫，有迹可循。世间百态，那些总为人所仰望，所怀想的星辰，也许，内心里并不似所见一样明亮。我们总以为，万般苦难，皆会过去，所有烦忧，总能结束，但却不知，生命或许就是一桩又一桩的因果循环，今日之果，明日之因，宿世长流，终无法一语参透。

容若在这种身不由己，却又怀着期盼的心境中，已然成长为了翩翩少年，仓央嘉措却还只是个对这世界充满新奇探究的孩童。那时的他，必定不知道，他虽然和容若走上不同的道路，但那行遍尘世、曲高和寡、沉浮之后的终结，却总有相似。

幼年的仓央嘉措，是个调皮而又可爱的孩子，他的聪颖却是无可掩盖。虽然家境并不富裕，但他的身边从没缺少过关爱，他可说是由大家轮流抱着、吻着、逗着、喂着长起来的。阿爸还教他认了不少字，他的记忆力好得惊人。但他不爱学习，想来也是，这年纪的孩子，哪个不喜爱无拘无束地玩乐呢？

在容若踏入仕途，宦海浮沉之时，仓央嘉措的生活，似乎更为幸福，享受着所有人的关爱，过着似所有孩子一样，无忧无虑的日子。这终是他并不漫长的生命中，启明星般闪亮的唯一快乐，但却又如流星，一闪便永远消逝在茫茫天际之中。

慢慢才懂得，岁月经得起多少等待？记不清在哪里曾看到这样一句话：刹那即永恒。短短五个字，却仿佛有颗石子，投入心湖，激起层层涟漪，然后复又无声消散在红尘烟火之中。不是所有回忆，皆会刻骨；不是所有离散，都能言说。因此，吸取眼前时，便成了难求的承诺。

此时的布达拉宫中，桑结嘉措正派出人四处寻访转世灵童，这是他的使命，更是整个雪域高原的希望。这一日，有名香客前来借宿，说是要去印度朝佛，路经此地，扎西丹增夫妇热情招待了他。

仓央嘉措还不足四岁，正是对一切好奇的时候，他见到香客的铜铃，便好奇地拿过来玩，眼中闪动着灵动的光芒。香客不仅不以为意，反而关注起了这个聪颖的孩子。而谁也不曾想到，这香客，正是桑结嘉措的手下。他找到的灵童就是这个叫阿旺嘉措的孩子——未来的仓央嘉措。

也有人说，当年仓央嘉措一见到五世达赖的印章，显得十分开心，他说："这是我的东西。"为了能更加确定，桑结嘉措便又派人带了许多五世达赖的生活用品去见仓央嘉措，结果，仓央嘉措能准确地认出这些物品，并能说出它们的名字和用途。当然，这种说法似乎更加传奇却又少了些真实感，但无论怎样，仓央嘉措的人生轨迹，便从此被硬生生扭转了方向。

未待结芽，已嗅其香。虽然以花来喻男人鲜少，但恰如雪域高原上一朵即将盛开的雪莲，举世无双，芬芳自来。人生际遇，果真微妙难言，仓央嘉措虽隐于偏僻的小村落，可终还是被注定的宿命紧紧束住。试想若没有人寻到他，纵使比常人多些才情，多些聪慧，大约他也会如众多平凡的孩子一般，读书识字，长大成人，谈一场如父母般不离不弃的爱恋，成家立业，以此一生。

眼前似乎依稀浮现出那一片广阔天地，天高云淡，白雪皑皑，空灵澄净中，烟火浸染了凡尘。都说那是个适合参悟的地方，只是此生总有些尘缘难了。待奈何桥畔重回首，这一世归途，却空留遗憾。许是那苍翠锦瑟中，未曾来得及捕捉的一片绿叶；许是那佛前梵音中，未曾了悟的禅意；更或许，是那未待开花，已然凋谢的韶华。

就算是那些世外高僧，亦有世间悲喜，身在凡尘，便不可能空无一物。只是他们与佛，必有着难以割舍的缘分，那些对凡尘的渴望，对斑斓色彩的依恋，皆淹没在佛的慈悲中，唯有那诵读梵音的吟唱，陪伴着漫漫岁月。

桑结嘉措派来的使者，经过一系列验证，终于认定了这个男孩就是五世达赖罗桑嘉措的转世灵童。因此，没过多久，仓央嘉措就在使者的劝说下，被父母送入了寺庙开始做初始的学习，为他日后的身份奠定了基础。

从此，仓央嘉措告别了家人，随着桑结嘉措的使者，来到措那宗的寺院里居住。仓央嘉措成为活佛的道路就这样开启，但他人生的梦魇，也渐渐凝聚成了模糊的模样，期待生根发芽，侵入骨髓。但我想，那时他的父母，也是无法选择的吧，毕竟那光环无比神圣，对于每一个心中有佛的人来说，都只能遵从。其实佛本是慈悲，真正残酷的是那自己所不能左右的命运。

仓央嘉措长到了六岁，那时已有六位学问高深的僧人担任他的教师，教授他经文。这一切都在暗中进行，没有人知道，就像在布达拉宫闭关清修的五世达赖还健在一样。这样的枯燥，取代了年幼时幸福的生活，他不能在广袤的草原上策马扬鞭，也不能再去像其他孩子一样嬉戏玩耍。

值得一提的是，活佛要学习的东西非常多，除了佛经之外，还要学习各种知识。其中有一门课叫作"声明"，使用的教材是一本叫作《诗境》的书。正是这本书，陪伴了年少的仓央嘉措，如明灯一般指引了他将那些心绪付诸诗歌，留下了许多脍炙人口的作品。

因此，我们更愿称他为红尘中最为深情的诗人，活佛的身份，只是赋予了他更为传奇的色彩，但那些前世今生里的宿命却是无法改写。我们更愿去相信，他是被从凡尘移植到佛殿中，那化度苍生的雪域莲花。

写成的黑色字迹，

已被水和"雨"滴消灭；

未曾写出的心迹，

虽要拭去也无从。

仓央嘉措的这短短诗句中，却已然参透了禅理与浮生。能说出的痛，都不为苦，唯有那些痛到难言的心伤，总会在午夜梦回，绕指纠缠，成了心上一道无法愈合的烙印。可惜无法从善如流地忘记，毕竟并非能擦拭的字迹，在前世今生的流转中，轻易就没了痕迹。

　　秋雨一场，冷入了心的并非空气里浮动的微凉，而是一想到辗转一夜之后，昨日种种，便会有很多被雨水洗刷，斑驳得痕迹难寻，便莫名有了些感伤悲秋。如果可以，更愿能留住那落英缤纷，秋日残红，用以怀想曾经姹紫嫣红令人流连的春日。红尘种种，恰如四季，轮回往复，留也不住。

（六）世事沉浮

浮光掠影中，人活一世，就必然会留下些或深或浅的痕迹。只是有些划过流年，快如流星，还来不及捕捉铭刻便黯然逝去；而有些却洒落点点星芒，照亮了那些尘缘相逢旅人的心扉。但他们却永远好似凌寒中那一枝寂寞寒梅，独自寂寞，望断烟霞。

虽然仓央嘉措出身平凡，但他的父母却是得到了后世之人的肯定。仓央嘉措的弟子阿旺多尔济在《仓央嘉措传》中称颂说，仓央嘉措的父祖、母祖七世之间，行止俱无弊端，"父母纯正、贤能、聪慧、正直、坚毅、谦恭寡欲"。《仓央嘉措传》中对这位后来成为尊者的生母更是给予了崇高的赞颂，称其"知礼仪，乐捐施，笑容可掬。聪慧、谦恭、无畏、博闻、贤能。无妄诈，无喜怒，远离嫉妒悭吝。不桀骜，不懒惰，不喧嚣，忍让有信，守廉知耻，贪、嗔、痴之毒极少，妇人之弊端绝离，持家有方，谨守道。各种功德，堪称圆满"。

藏语中的母亲称呼和"活佛"发音很像，事实上，很多人在学佛时都是以母亲对自己的慈悲心为榜样的。仓央嘉措有这样一个好母亲，亦是福分。

身体发肤，受之父母，然而真正取自父母处的，还远不止这些。我们的来途去路、起承转结，都和父母有着千丝万缕的牵系。那是如此亲近的距离，能在红尘流转中，嗅到彼此的气息，即便终有离别，也深深融入了骨血里，无法剥除。

《三字经》有云：子不教，父之过；教不严，师之惰。

在后天教育中，活佛自然是不缺好老师的，但最有功劳的一位还要数五世班禅罗桑益西。仓央嘉措是随五世班禅罗桑益西出家的，班禅授与仓央沙弥戒，取法名为"罗桑仁钦仓央嘉措"。第一次见面就赠给仓央嘉措一条印有文字的长哈达、一尊释迦牟尼佛像，以及金塔、金曼札、金瓶、法衣、白玉茶碗、念珠、缎垫褥、缎靠背、经典书籍等，帮助完成了从出家到坐床一系列仪式。到布达拉宫后，又教授佛法、天文、地理、算数等多门课程。这样德高博学又有地位的老师，也许只有仓央嘉措一人遇得着吧。

但生活总不可能尽如人意，就好似一曲婉转的歌曲，每每听到动情处，常有错落的回转。许多曾经，都在似曾相识的流年中，被时光的车轮碾碎，抛掷在不知名的时空中。就连雪域这片充满神秘的土地，那比天还高的圣湖，终是不能帮我们勾勒出一个完满的结局。

就像那佛祖手中被打磨的佛珠，一颗颗皆是凡尘中零落的片段，在每个际遇等候到他挚诚的主人之前，都沉默得如静女一般，只待因缘际会，被那宿命之手抛出，盛开在某段相聚离别中，谱写出一幕幕喜怒哀乐的人生。

彼时的雪域高原，也并不平静。五世达赖的亲信弟子桑结嘉措，为了继续利用达赖的权威掌管事务，密不发丧，这一隐瞒就是十五年。直至康熙皇帝在平定准噶尔的叛乱中，偶然得知五世达赖已死多年，十分愤怒，并致书严厉责问桑结嘉措。仓央嘉措才被以转世灵童的身份推到了台前来。

仓央嘉措被寻到以后，剃发受沙弥戒，取法名罗桑仁钦仓央嘉措。同年十月二十五日，于拉萨布达拉宫举行坐床典礼，成为六世达赖喇嘛。仓央嘉措虽然坐床了，实际上只不过是桑结嘉措找来应付康熙皇帝的傀儡罢了。

此时的仓央嘉措，再也不是那个能恣意在草原上奔跑驰骋的孩子。他的自由被深深禁锢，芸芸众生，顶礼膜拜，却没有一个人怜悯地抛给他囚笼的钥匙。人们无法走入仓央嘉措的内心，自然听不到他那深沉的无奈，如能选择，他却宁愿摒弃所有，做那最真实的自己。今世凄凉，注定缱绻成愁。

> 生死本无常，
> 人应多思量。
> 不观生命本真，
> 智者也同愚人一样。

人生本无常，世事太难料，不知仓央嘉措在写下这样参悟的诗句时是将自己归为了智者，还是愚人？即便是常在佛前，本该心境若莲花的他，毕竟在凡尘生长了这许多年，被漫山遍野的格桑花所晕染；被山巅那烈日高阳所炙烤；被茫茫冰雪所侵袭，因此，那颗心自不可能如亘古不变矗立在长河中的寺庙一样，永远是那般沉静的姿态。

不知在走出父母怀抱时，在漫漫长夜孤灯夜读时，在那多少个寂寥清冷的长夜里，他可曾有过怨？相逢总是场太过美丽的错误，而仓央嘉措的流年之花，错就错在开错了花期，相遇未曾赶上最好的时光。就仿佛一趟心之所向的旅程列车，我们那样期待着终点荼靡的风景，却在半途下错了车站，眼前荒芜，前路迷茫，却是再也回不去原来的模样，更是没有机会，再去继续那锦绣的行程。

但仓央嘉措偏又是清醒的，他清楚地知道，自己的宿命将会流向何方。若能长醉，怕是也可忘忧，但在那如豆的灯下，却总有太多时间，令他能够明镜一样看到自己的喜怒哀乐。他知道，有些事，必须去做；有些事，终要割舍，可是，凡事为何总是做比说，要困难上那许多？与众生大局想比，他是那样渺小，但他内心最深处，却总掩藏着最真的自己，一遍遍重复着无声的呐喊。

在极短的今生之中，
邀得了这些宠幸；
在来生童年的时候，
看是否能再相逢。

若真有轮回转世，我想抹去前世千般记忆，只做简单寻常的那个路人。若有奢望，还想寻回曾经那些快乐，只摒弃了过往的痛苦，但那始终是个太过奢侈的念想吧。我们都是那眷恋温暖的旅人，即便惊鸿照影，总好过一世寂寥。那属于自由的翅膀，能够惬意地呼吸，只能寄托给怀念与遥想，在望断天边明月时，偶尔漫过思绪，放纵片刻之后，交付天涯。

卷二 交错时光的爱恋

在所有人内心深处，似乎都沉睡着一段曾经韶华的爱恋。正因为两情相悦，终没能相守白头，才会更加令人怀想。但我们往往忘记了一个道理，既然不能回头，何苦反复追忆？看不透红尘聚散，变成了永恒伤感的牵绊。究竟有多少人，一直在追赶那些散落在时光中的回忆，却到头来，迷失在了红尘阡陌？

容若的思恋，远比漫漫长夜还要深邃，"谁省，谁省，从此箪纹灯影"，灯影谁怜？却也看不穿此情一梦。而仓央嘉措，亦参不透爱情的禅机，"为什么你的爱情，比桃花谢得还快"，花开一季，终是零落成泥，而那曾经浮动的暗香，却深入了骨髓。

容若与仓央嘉措，都是那样渴望脱离世俗的束缚，但偏又都被紧缚在这无尽的尘世中，所以，他们无法轰轰烈烈去追求一段圆满的爱情。但这情爱却深植在骨子里，既然得不到，拔不出，不如将那些曾经的山盟海誓，化作烟尘，点缀在遍布坎坷的去路上。万物终有定，相约白头，总作黄粱一梦。

（一） 青梅竹马

　　席慕蓉说：一生至少该有一次，为了某个人而忘了自己。不求有结果，不求同行，不求曾经拥有，甚至不求你爱我，只求在我最美的年华里，遇见你。

　　爱情总是万种尘世之约中，最难捕捉，却又是最令人神往的一桩。花事荼靡，我总期盼在万紫千红中，能捕捉到属于春日的那一双眼睛，满目缤纷，只注视着我一人；曾经沧海，只牵我这一双手。我爱你，可以义无反顾，可以飞蛾扑火，不为别的，只因你终究是守着前生的约定，来到了我的面前。不求天长地久，只求红尘里，卑微而又幸福地相爱一场。

　　明末戏曲剧家汤显祖的名作《牡丹亭》，"惊梦"这一出中，杜丽娘有一段著名的唱腔《步步娇》："袅晴丝吹来闲庭院，摇漾春如线。"春天的院子里，一条虫丝被风吹下来袅袅地飘，春光如线，纤细缥缈，春色短暂，韶华易逝，顾影自怜，自是娇态无限。

　　《牡丹亭》是昆曲的绝唱，汤显祖塑造的女主角杜丽娘不知招惹了多少人的泪水。这个才貌端妍、出身富贵的女子，缠绵而执着地追求爱情，情不知所起，一往而深。她公然宣称"这般花花草草由人恋，生生死死随人愿，便酸酸楚楚无人怨"。

而容若一首《南乡子》，刻画的少女娇媚，却是不输这一场春光——

> 飞絮晚悠飏，斜日波纹遇画梁。刺绣儿女楼上立，柔肠。爱看晴丝百尺长。
> 风定却闻香，吹落残红在绣床。休堕玉钗惊比翼，双双。共喋苹花绿满塘。

这首词笔调轻灵，语出自然，描绘了少女怀春的生动形象。上片先是绘景，淡笔勾勒出夕阳下柳絮分飞，池水映照着画梁的倒影。而后再把刺绣女儿推进画面，犹如一幅写意画。接下去再用"爱看晴丝"这痴痴的情形，揭露她春怀寂寂的心态。

青春无限美好，切莫等闲，白了少年头。

而这一首词，容若正是写给他最初那场爱恋的少女。当然，关于容若与表妹的一段情，至今提及，依旧甚嚣尘上，众说纷纭。考据派引经据典，综观后宫也找不出有与容若父母家族有牵扯，且传说中和容若少年情长，却又因相隔宫闱，而天各一方的女子。或者，找到些许有关联的，也都一一被否定了。

但这不过是个美丽的期许，霏霏的遐想。就似我们总愿去相信那些小说戏剧中存有的美好爱情，因为我们明白，有些相遇，在现实中如雾如暮，总难捕捉。唯有将那许多期许，寄托在天边怀想。

故事之所以打动人，是因为那看故事的人，有似曾相识的共鸣。想必每个人，都曾有这样一段青涩却一生铭记的最初爱恋。在那尚且懵懂的韶华里，在平凡交替的日子中，宛若繁花一枝点缀着春日，有柔风和煦，缓缓而来，吹入了心扉，温柔了岁月，惊艳了时光。春风若有情，应是识人心，这一片春光正好，只是无处停驻。

初恋时光总是美好的，两人应是也度过了一段两小无猜的惬意生活。他写诗习字，她便研墨添香；他诵读典籍，她便静坐聆听；他清歌一曲，她便弹琴相和。他们时而花前月下谈心，相视而笑，时而漫步河边，嬉戏花丛。如此妙灵的一双人儿，正可谓少年不识愁滋味。

在这一首《南乡子》中，少年容若细细描摹了少女那含羞带怯的娇柔，而在容若心中，谁又能说不是同样怀想思恋一片春日，憧憬那青梅之约呢？因此，与其说是表妹怀春，不如说是容若自己。

容若诗词中，另有一首《采桑子》，亦是描绘出春日之景。像是一支染了流光之笔，将春光轮廓，浅浅画来，却深深印刻——

桃花羞作无情死，感激东风。吹落娇红，飞入窗间伴懊侬。

谁怜辛苦东阳瘦，也为春慵。不及芙蓉，一片幽情冷处浓。

　　桃花的飞扬，落在眼底是春光迷离，抑或是桃花随水水无情的悲凉，只看观花赏春人的心境了。从最初《诗经》"桃之夭夭，灼灼其华"，待嫁女子的饱满惊动；到唐诗要案"人面桃花相映红"主犯崔护的迷离惆怅，再到貂蝉仰面对云长说的那句"乱世桃花逐水流"，诉尽乱世女儿的坎坷流离。桃花这东西，惹起人太多遐思。它可以满山满野涨破眼帘的妖艳，也可以是居在人家的小院回廊处，合着艳阳云影，好一番清正飞扬。

　　容若喜欢化用王次回的诗意，像这句"一片幽香冷处浓"就是出自《寒词》："个人真与梅花似，一片幽香冷处浓。"容若反用其意，谓此时心情还不如芙蓉，芙蓉于冷处还能发出浓郁的香气，人心却如桃花已谢，春光不再。

　　上阕写到春阑花残，春尽人慵。下阕结句除了呼应上阕所写的桃花零落、随风飘飞的凄美景色，更暗示了时光的流转，在如影随形的伤感情绪中，伤心的人已经挨到夏天。花瓣不会因为人的惋惜而停止凋谢，时间并不会因为人的悲伤而停止流转。一味地沉湎于伤感中没有任何意义。

　　王次回的诗句在《饮水词》中时时隐现，但评家多不以这种现象为忤，反而赞容若擅于化浊为清，改俗为雅，这种态度也蛮暧昧的，大约是因为王次回不如容若出名，所以不是容若袭了他的诗意，而是他借了纳兰的名气被人知晓。

容若词中的伤怀，并非毫无缘由，但这时他的伤感，却又与许多年后经历了爱情浮沉，生离死别后的心碎截然不同。容若这一场大病，几乎错过了整个春天，而他期待展翅的抱负，也因为没能赶上殿试，而终究成空。容若感叹上天无情，造化弄人，同时又幻想着桃花的有情，能够挽留住哪怕是一点点的春意。容若这首词里的伤春、"懊侬"与"春慵"，便是为了这桩事情。

填下这首词的那一年，容若十九岁，经历了大病错过科考的第一次大失意。窗外春意葱茏，桃花娇艳，摇曳枝头，暗香浮动，但观之熠熠盛景，容若心中，却又浮动起一抹黯然。那小小一扇窗，关不住的是那一颗渴望不羁的心。

只是有些时候，一梦成空，那许多曾经的期许，终是湮没在滚滚的红尘路上。我们在这条路上看着别人的悲喜，却总是抵达不了自己所希望的彼端。是谁说，当局者迷，旁观者清，那迷失在路途中的，又何止是几道脚步的深浅？

人生不过花期一场，盛开凋谢自有时，尽管如今染了春意，不知来年春光里，又将身在何方？虽渺小若微尘，但我们终究是曾经来过，即便是留下淡淡的痕迹，亦算没辜负了上苍的赐予。

（二）命运弄人

　　花开花落，万物循环，早有定数。就像谁也无法阻止四季的轮回，日月的升起，潮汐的起落，天际的阴晴，一场烟雨，一道云水，终会历经散场，没有哪一片时光，能够凝成永恒；没有哪一个人，能够停留在过往；没有哪一处山河，能够长盛不衰。

　　容若笔下的桃花，却是那样多情，仿佛眷恋着春日的精灵，满庭落芳，寂寞而又多情。那些无奈的落花，却并未落入沟渠，而是被东风卷起，飞入窗边，与人为伴。这不禁令人想起《红楼梦》中亦有黛玉葬花，许是那些多情而柔软之人，终究有着相似之处。"试看春残花渐落，便是红颜老死时；一朝春尽红颜老，花落人亡两不知"，花开终有花落时，夕阳总是近黄昏，人若有情，注定神伤。

　　但我更宁愿，在容若生命中，确曾出现过这样一个女子。在那些令人艳羡的年少韶华中，两小无猜，青梅竹马，落英缤纷中，轻柔绕指，低眉含笑，婉转轻扬。也许是前世风雨兼程中，曾有过同船一渡的缘分，或是蒙蒙细雨的桥上，回眸一望的相逢，才会造就今生这一错身的擦肩。

只是许多尘缘都写定了无果，奈何情深缘浅，成为人生一段中未来得及铭刻的旁白。就如《红楼梦》中的宝黛二人，纵使一个是阆苑仙葩，一个是美玉无瑕，心事也终虚化，唯留枉自嗟叹，水月镜花，虚无缥缈，空为牵挂。

> 一生一代一双人，争教两处销魂。相思相望不相亲，天为谁春！
> 浆向蓝桥易乞，药成碧海难奔。若容相访饮牛津，相对忘贫。

传闻中容若的表妹，无论是何身份，姓甚名谁，世人都赋予了她不约而同的结局，那便是入宫为妃。容若作为臣子，自是无法反抗，身负着纳兰家之名，他甚至连呼喊都不能，唯有目送佳人远走，如一幕戏曲落幕，缓缓淡出他的人生。

便是表妹的入宫，"谁省，谁省，从此簟纹灯影"，容若相思苦恋那一番痛苦忧伤，就更加突出了。为见表妹，容若不禁乔装成僧人。只可惜，表妹与他在宫廷内只得"相逢不语"静默无言地相对，"转过回阑扣玉钗"。

据清《赁庑笔记》载："旋女入宫，顿成陌路。容若愁思郁结，誓比一见，了此夙因。会遭国丧，喇嘛每日应入宫唪经，容若贿通喇嘛，披袈裟，居然入宫，果得彼妹一见。而宫禁深严，竟不能通一语，怅然而出。"或许这段记载正是对容若当时那段刻骨铭心的爱恋的有力证明，直至今天也无法消除的苦楚。

明明近在咫尺，唯有相顾无言。不忍开口，怕话未出口，转眼已是泪千行。只能静静望着对方眼底那自己的影子，痴痴在心底铭记，两人都知道时间已是不多，从此后天各一方，相见无期，恨不能时间就此停留。

繁杂的脚步声自远处响起，惊觉该是分别的时候，她转身远走，只留下一个环佩轻响的背影，和离去时眼角那一行晶莹的泪水，将容若的心灼得滚烫，无法呼吸。相见时难别亦难，如此的痛，倒不如不见。

表妹虽是留在了宫中，但是却也结局并不好。对于一个入宫的女子来说，本可以等入宫期限过去以后，限满出宫。她心之所系的男人纳兰容若，生命却只走过了匆匆而又短暂的三十一年，表妹在宫中深深恋着容若，注定是个大忌，因为倾心容若的缘故无端遭人猜忌，被送入冷宫。

不论这表妹身份为何，众说纷纭中，都提及这样一个与容若休戚相关的少女，曾经寄养在他家。后来，按例参选宫女，被选上，两人顿成陌路。也有人说，是因容若家族并不满意表妹的出身，才会拆散了一对鸳鸯。

那一年，容若只有十九岁，便已经历经了别离，懂得了情殇。他悲痛成疾，卧床数月，错过了殿试，这对于容若来说，无异于雪上加霜。这一场大病，成为了容若心底永远的痼疾，病愈之后，也是郁郁寡欢、深居简出。时任刑部尚书的徐乾学曾回顾当时，说纳

43

兰容若："闭门扫轨，萧然若寒素。客或诣者，则避匿。"

容若与那少女的一段情，应是纯洁而又朦胧的。虽是两情相悦，也只是青葱懵懂，如花美眷，年少痴恋，终淹没在似水流年里，怪缘分太过浅薄，还是命运太过弄人？我们终只是恒河中的一粒沙，不能自拔，无法挣脱。天若有情天亦老，但这苍茫的天地，若没有那能够依托的爱，这单薄的流年，岂不太过寂寥？

然而，既已动情，又岂能轻易放下？雨落将伞避水丝，雨住不问红伞姿。恰似情事亦如此，才教生死作相思。我们总想静待流年，却无从安于红尘，如被尘世之霜打湿了翅膀的雀鸟，展翅高飞，又是何年？唯有蜗在那属于自己的角落，细数光阴，静待老去。

仅是一心之隔，好似山长水远，有些回忆，总是刻骨，有些爱情，总是铭心。邂逅那短暂的幸福，我们以为那便是天荒地老，岁月静好，却原来发觉，仅是自欺欺人的玩笑一场。万事万物，太过美好，便抵不过离别的狂涛席卷。那一页扁舟，又将漂荡向了何方？

佛说人有八苦：生、老、病、死、怨憎会、爱别离、五阴炽盛、求不得。天下没有不散的筵席，亲如父子，近如夫妇，亦难得终身相守，又何况其他？"乐莫乐兮新相知，悲莫悲兮生别离"，此情此心，天上人间，也许皆同。我们的一生，似乎总在不断重复着相聚离别，但若因此而不去亲尝那场红尘中刻骨铭心的爱恋，那么，人生也就不够完整。百年过后，少了许多轻摇追忆的美好。

弱水三千，我只取一瓢饮。《红楼梦》里，贾宝玉曾对林黛玉如此说过。

这句话，流传到今日，便成了一篇天荒地老的神话。从三妻四妾到一夫一妻，对于婚事的束缚看似更加专一，但人心却越来越像是荒芜了的一片海，平地波澜，难窥真容。在那些被喧嚣所浸染的日子里，手捧书卷，读着长情的片段，便仿佛品了一杯清香四溢的暖茶，在满眼的繁华中，独享这一份宁静，徜徉在难能可贵的真情中，然后，学会了珍惜所有，学会了独善其身，学会了怎样去爱。

（三）才子无双

虽是初恋无疾而终，但此时的容若，却并未完全丧失了希望。几年之后，他终于依照父亲为他铺就的道路，走上了自己的仕途。都说容若不贪恋人间富贵，因此不喜官场周旋，但我却觉得容若并非一开始便厌倦以对，而是经历了那一桩桩失意后，才渐渐变得清冷，遗世独立。

没有人会生而与忧郁结下不解之缘，只是尘世匆匆，总有太多无奈。有些人看透了，不过是爱恨一场，繁华落幕，一笑以待，有些人看不破，一声叹息，便消散在流年的路途中，凝成了心底一道抹不去的伤。

其实，人生不过百年，又何必自苦于心？无论顺遂苦难，最后的去路，总是尘归尘、土归土，然后在奈何桥头饮下那碗忘情水，带着一片空白的记忆，开启一段新的篇章。那些注定的得与失、苦与乐，不如用心去感受，方能在今生今世，留下无悔。

骚屑西风弄晚寒，翠袖倚阑干。霞绡裹处，樱唇微绽，＃＃红殷。

　故宫事往凭谁问，无恙是朱颜。玉墀争采，玉
钗争插，至正年间。

　　这一首《眼儿媚·骚屑西风弄晚寒》，上阕侧重刻画红姑娘之形色，
下阕则述古写怀。值得注意的是，结句点出"至正年间"，而"至正"
是为元顺帝之时。顺帝昏庸，政治腐败，民不聊生，遂致各地义军蜂起，
最后元朝灭亡，政权为朱元璋所夺。此篇末明点"至正年间"，其中
所含深意是耐人寻味的。

　　在年龄上，康熙生于三月十八日，容若生于十二月十二日，两
人可说相差无几。容若以一首《金缕曲》震惊词坛，"词名大著"，
这时的容若，文武兼备，才华横溢，可谓少年得志，春风得意。彼
时年少，容若心中还未承载了那许多愁肠，对于仕途还是充满向往，
渴望能够在帝王面前建功立业，兼济天下。容若的老师徐乾学，也
对他评价极高。

　　容若毕竟不是只管风月、不问世事的后主李煜。初入仕途的容
若，怀有慈悲之怀，亦在官场游刃有余。他对历史变幻，与审时度
势，自有一番思考。容若所处的康熙年间，正是大清盛世，歌舞升
平，然而容若却自这繁华胜景中品出了忧患，朝代兴替如春秋轮回，
谁也无法阻止。

　　凡读过清史的人都知道，清初时已有些许西洋风，自那大洋彼
岸乘风破浪，乘舟而来。那时的清朝，泱泱大国，自是不把这些"异

类"小国放在眼里。但容若却似个始终俯视尘世的智者，默默看着所有世事变迁。他的《临江仙·卢龙大树》，便是道尽心中惆怅。

雨打风吹都似此，将军一去谁怜。画图曾见绿阴圆，旧时遗镞地，今日种瓜田。

系马南枝犹在否，萧萧欲下长川。九秋黄叶五更烟，只应摇落尽，不必问当年。

"雨打风吹都似此，将军一去谁怜。"开篇一句，既写眼前的风雨，也写历史的沧桑，昔日的古战场，不知道遗落了多少箭镞，如今却变成了豆棚瓜架。借咏卢龙大树而抒凭吊之情，并及怀乡之意。系马南枝，远望长川，深秋时节的黄叶纷纷，景色凄迷。结句的"只应摇落尽，不必问当年"，自然而然地抒发出了胸中的感叹。

我们喜欢容若，最先是从他在纸上淡淡晕染开的清雅文字，读着他的词，眼前便浮现出那翩翩公子清隽无双的样貌来。那种倾城的温柔，在那流离的浮生里，仿佛一朵清雅高洁的花，芬芳抚平了所有喧嚣嘈杂的尘埃，围拢出一方静谧洁净的天地来。在了解其人之后，就更加深深被他所吸引，令我们在他的悲欢离合中，在他的爱恨人生里迷醉。

喜欢上一个人，或是一件东西，从来就不需要什么理由，那是一种无言的感动，或是偶尔交汇时，触摸心灵的素手，能说得清道得明的便不是真意。没有太早或太迟，我自那历久弥新的文字中，穿越时空地与你相遇，将那些对你的记忆，印刻在我的记忆中，这大约亦是种缘分。

但有些东西，却不忍去深读，就像是我那样喜爱春夏的和煦温暖，但曾几何时起，又害怕着春日的到来。因为总有些美好太过匆匆，但我们深深入目，缱绻眷恋之时，却从指缝间划过，想要握紧，已是不能。黄粱一梦花事了，越是珍视，便越怕失去。读人亦是如此，总是小心翼翼，不忍去惊动历史长河中，那令我心之向往的身影。

当然，容若从不是个只懂世俗，一味争名逐利的人。身在宦海，他仍有一颗柔软的心。他喜爱自然景致，尤其是用他的才情，他的文字，来写尽世间美好的景色。他喜爱江南烟雨，小桥流水；也爱长河落日，大漠孤烟。他用一支笔，轻笔细描出江南的婉约，也能浓墨涂抹，泼洒下塞外的豪气。

> 非关癖爱轻模样，冷处偏佳。
>
> 别有根芽，不是人间富贵花。
>
> 谢娘别后谁能惜，飘泊天涯。
>
> 寒月悲笳，万里西风瀚海沙。

这首《采桑子》原有小题："塞上咏雪花"，是容若在陪同康熙皇帝出巡塞外的路途当中写成的。和他的京华词作、江南词作不同，容若的塞外作品自有一番别样风情，正是一方水土造就了一类词风。

"不是人间富贵花"，一句流传千古的诗意，让许多后世之人，洞悉了容若性情。但我却觉得以花来喻容若，未免有些柔软，雪花又太过清冷。容若的清雅是融在骨子里的，并非东施效颦者能模仿得出来的。纵使时光百年，所有过往都在尘世中烟消云散，那一抹淡影，却依旧踏歌而行。

　　在转过了几场宿世，行过了几程山水之后，守候一朵情花，绽放天涯，追逐半生风景，应约而生，时光太久，甚至忘记了光阴原本的模样。但唯一不愿模糊不清的，是骨子里的安然，与偶尔不愿复醒的执迷。

（四）佛亦多情

世上的爱情，总有千百种面貌，一旦蓬勃，却唯有同一种方式。容若公子的多情在于不忘，这段无疾而终的初恋，对于他来说，成了手上的一道试刀伤，虽不至深刻，却留下了清晰的痕迹。然而，多情的又岂止繁华中清冷绽开的这一朵？便是那雪域之巅，亦有无惧风雪的轻暖柔情。而开启了这段传说的，是那个叫作仓央嘉措的。

穿过紫禁城的浮华辉煌，行过山河湖海，背上行囊，足迹终停留在那白雪皑皑的雪域之巅。这里，随处可见虔诚朝拜的信徒，只为着他们心中，那神圣而不变的信仰。他们手中古老的转经筒，便是被诵读了千年的厚重之书。

然而，我却知自己从不是他们其中的一员，我之所以站在这里，只为寻那一道曾经的身影。一个至真至纯的情种？一则饱受争议的传奇？抑或，一朵凋而不朽的圣莲？

僧曰：多情即堕。

佛曰：佛亦多情……

这千古交织的矛盾，便撰写下仓央嘉措最初的爱恋。因为悲伤，所以唯美。自惭多情污梵行，入山又恐误卿城。世间安得双全法，不负如来不负卿。但他注定是僧人，除了佛，便是无边的寂寞。红尘如霜，掩盖了青丝，蒙上了秋华，唯有那一首首亘古不变的情歌，依稀仍旧能从历史中，摇曳出一朵璀璨的情花。

仓央嘉措给玛吉阿米的诗歌在雪域一直被广为传颂。那是在他尚未成为僧人前，深深驻扎在他心田的少女。对于他们的相识，很多书中记载皆不同，只说了也许是离仓央嘉措少年时所住不远，相邻部落的女子。但我们不难看出，仓央嘉措有着一颗渴望自由与爱情的心，他燃烧着自己，爱恋着那个少女。

和容若一样，那时的仓央嘉措，是倾尽全部的心意，去爱着玛吉阿米的，仓央嘉措写给玛吉阿米的诗中，有初识乍遇的羞怯，有两情相悦的欢欣，有失之交臂的惋惜，有山盟海誓的坚贞，也有对于负心背离的怨尤。由于特殊的身份，仓央嘉措比常人更多地体验到怨憎爱别离的人生苦难和求不得、恨不能的无奈。

> 若随美丽姑娘心，
> 今生便无学佛份；
> 若到深山去修行，
> 又负姑娘一片情。

这首《情歌》，似乎积淀着仓央嘉措心中深沉的哀叹。幸福是那样充斥着每一处细胞，但又太不真实，他总是溜出寺庙，和她相会。他们在天空一样澄澈的碧水边嬉戏，在广阔无垠的草原上驰骋，他深情地望着她，那比宝石更幽黑的眼睛里，承载的是满满爱恋。她的脸颊，因交织着爱慕与娇羞，宛若三月里的桃花摇曳枝头，他只觉得就此醉了，不再问前尘因果，不再听世事熙攘，天地之大，就只有他们两人，两颗心紧紧贴近。

年少时的爱情如火，或许是与岁月年轮，多少有着些关系。彼时正值花样年华，还未经历失去的痛彻心扉，求不得的无奈，自然更能够义无反顾。是什么时候，将那曾经单纯如水的心思，遗落在了前尘往事中，待察觉时，已然成了尘世中，那满身风尘的旅人，会顾虑得失，害怕受伤，再无法如当初般简单地去爱。

问问倾心爱慕的人儿：

愿否做亲密的伴侣？

答道：除非死别，

活着永不分离！

《诗经》中也写有"执子之手，与子偕老"，或是"郎骑竹马来，绕床弄青梅。同居长干里，两小无嫌猜"的千古名句，每每读到，总觉那是何等令人向往的意境。若非死亡将我们分开，绝不离开你的左右，我想那时，仓央嘉措和美丽的玛吉阿米，也该是山盟海誓，许下了爱情的誓言吧。

虽然那时的他们，尚且不懂永远究竟有多远，可一旦牵了那双手，却是再也不愿意分开。他们以为，还有大把的光阴可以挥霍，能够就这样幸福地走下去，然后一生一世，生儿育女，像他们的父母一样，在这片广阔无垠的草原上，建立起一个属于自己的避风港湾。

待到多年以后，他们才明白，原来世间总带有太多无奈。那些看似简单的愿望，却不会因微薄而就能轻易实现。我们都希望能有个安身立命的落脚处，一隅宁静的避风港，好让我们这些在人生旅途中的匆匆旅人，洗去满身霜华和风尘，得到灵魂的休憩。然而，总有太多漂泊，总有诸多纷扰，才会造就了许多的痴男怨女。

一春一秋，连那草木都动情，而我们，却在这许多相聚离别的人生剧本中，品出了晓风残月，流水落花。那些痛彻心扉的爱，使得太多人无法一往无悔，但越发痴迷爱情原本的颜色。闲暇时坐于庭院，看落红满地，天高云淡，突生了些尘缘了悟，原来宁静素简都源自内心。

都说文字是上天赋予世人的财富，那些或浓烈或淡雅的情感，都可以在笔下涓涓流淌的文字中，洒落一片澄明心境。浸在爱情中的仓央嘉措，也成了诗人，他用热情洋溢的词句，细细描绘着这一段令他疯狂的爱恋——

在东方高高的山巅，

每当升起明月皎颜，

那玛吉阿米的笑脸，

会冉冉浮现在心田。

尽管玛吉阿米只是个太过渺小的女子，甚至平凡得连真实姓名都没有留下，但她却拥有仓央嘉措最热烈的爱，这不吝于也是种幸福。玛吉阿米的名字，便是源自这首诗。仓央嘉措赋予了她更多的美丽，在雪域高原上，便成就了一段温柔的传说。后人依据这首著名的情诗，写出了《在那东山顶上》一歌：

在那东山顶上

升起白白的月亮

年轻姑娘的面容

浮现在我的心上

便是听到嘹亮又空灵的女声，吟唱起开篇这几句歌词的时候，才初识了仓央嘉措。那时就在想，究竟是怎样一个人，能够在最深的现实里，写出这最真的呼喊，使得雪域高原那千年的积雪，都化作了涓涓细水的柔情。

但他终究还是活佛，佛，是否也可以有红尘情爱？那一场流年中最锦瑟的相逢，注定画上了悲剧的终结。他是佛前的一朵青莲，那个印记早已深深烙印在他胸口，即便千百次的轮回转世，也不会淡去。那是佛对他的召唤，红尘流转，似乎只是对他的痛苦历练，而最终，他还要回归于佛祖。那一刻，所有情爱，不管它是否曾经刻骨铭心，都注定了只能淹没在滔滔逝水中，一去不回。

（五）身不由己

是否人的一生中，总会有那样注定不得圆满的爱情，只是在当初，我们并不能预料这无言的结局，所以，才会有了那些无果的心动，然后转为神伤。但凡分别，一句"再见"，似乎远远不能诉尽其中欲说还休的绵绵意味，但比这更为伤怀的是连这短短两字都来不及说出。爱恨离愁，终在时光流转中，成了荒芜。

桑结嘉措使者的意外到来，打破了这小部落的宁静，也彻底改变了仓央嘉措的生活。他对于活佛的身份，尚且懵懂，就被带离了家乡，去到遥远而又神圣的那座高高的宫殿，甚至连与心爱的玛吉阿米道别都未曾来得及。

仓央嘉措的这一段记录在了蓝天白云，碧草如茵的广袤天底下的纯洁爱情，曾经令他赋予了无限憧憬，但也不能避免红尘离散的结局。没能为这段纯洁爱情留下只言片语的终结，这成了以后日子里，他心底最大的遗憾。

依据活佛转世规定，即便是转世灵童，也要年满十八岁，才可真正主持政事，因此当时的仓央嘉措坐床后，他的生活告别了蓝天碧水，地阔天宽，就只剩下在经文的学习中，日复一日，任时光流淌。

这对于仓央嘉措来说，无异于是一件枯燥而又痛苦的事情，他毕竟不像其他活佛，从小便被关在这一方天地之中，寂寞也就成了习惯。他既品味过世间繁华，看到过四季流转，又怎会无动于衷？有些事，一旦入了心，便很难再轻易忘记，尤其是那记忆中曾芬芳的爱情。

在那些漫长的日子里，他白天如海绵一样，吸收着各种东西，重复着烦琐的学习，但每当夜幕低垂，孤灯而坐，他的心总被一种叫作思念的情感，填得满满。十五岁的青葱岁月，本该是少年不识愁滋味，但过早地尝到了人生无奈的仓央嘉措，却深深体会到了身不由己的酸楚。

他想念着塞外自由的天地，想念起父母对他的关爱，虽然家中并不富裕，但在他们的悉心照料与教育下，他还是无忧无虑地成长。他更想起，那在远方深爱的少女，如雪域高原上的格桑花一般鲜艳，在他心底盛开，似乎永远不会随着时光流转而衰败。他坐在窗边，仰头望月，高原上的天空是那样澄澈，月光是那样高洁，不知这时的玛吉阿米，是否也如自己一样，看着同一轮明月，回忆起两人相恋时的点滴？

芨芨草上的白霜，
寒风的使者，
就是它俩呀，

拆散了花儿和蜂儿。

　　那么，将两个少年少女这一段纯纯的情感生生拆散为天涯两端
的又是谁？究竟是桑结嘉措的使者？还是被囚禁在这宫殿中的条条
清规戒律？抑或是，那些早已写定，半点由不得更改的命运？他是
转世灵童，就必须背负着这样的使命一辈子，这种沉重与不甘，对
于仓央嘉措来说，更胜过万人敬仰的尊贵。

　　但心中存有回忆与怀想，总还是这漫漫行途中，如萤火微光的
慰藉。常听到有人说，经历就是一种财富，其实想想，这句话很有
道理。先不论那些从中获得的经验，若没有些许以供追忆的曾经，
又怎能在无数个坎途中，支撑我们行走下去？有时爱上了回忆的安
静，只是因为，它让我们仍能体会到一切总还有希望。

　　只是如果缘分真的已尽，在这千变万化的尘世中，又将到何处
去寻找它的踪迹？就如眼前这辽阔的雪域高原，一眼望不到出路。
所以才会有芸芸众生，在通往寻佛的旅途上，迷失了方向。

　　　　面对大德喇嘛，

　　　　恳求指点明路，

　　　　可心儿不由自主，

　　　　又跑到情人去处。

　　仓央嘉措的心是无拘无束的风，无法停留在参佛这一片单调的

色彩中，他渴望那绚丽多彩的世界。但他的心又是飘扬在天空那孤单的风筝，无论飞到多远，都总被一根线绳牵系，这根看不见的线就是爱情。明知自己的命运无法更改，唯有一心向佛，但在那佛前明灯中，他却放不下那前尘往事中刻骨铭心的爱恋和戚戚牵挂的爱人。

这样的男子本该是世上最美好的情郎，本该能够酿出最为醇厚醉人的爱情之酒，但那袈裟对他来说，却如霜雪，掩住了万种滋味，将他骨子里的真性情深深压抑。那生而就有的情态，又怎能就此连根拔除？只是暂时静默，等候着适宜的土壤再次发芽罢了。

此时的雪域高原，也并不太平，尽管仓央嘉措坐实了转世灵童的身份，但人们心里清楚，他是第巴桑结嘉措一手导演成功的，当然，他要成为第巴手中重要的政治砝码，用以加强自己的政治斤量。

这件事首先激怒了和硕特汗王，他们直觉上感到第巴扶植了自己的达赖来和他们进行合法斗争。这件事又激怒了康熙皇帝，但没有和硕特汗王那样动感情。当时，达赖喇嘛转世的金瓶掣签制度还未建立，可是第巴采取了既成事实上报朝廷，这是对中央政府封诰五世达赖这一历史事实不够尊重。但是，康熙还是比较审慎的，他同意了这一转世，并自授给印信、封文。

仓央嘉措的人生，似乎注定了不能自主，他不过是桑结嘉措布下的一颗棋子，是时局、是乱世，将他推到了那个看似至高无上，却又无限悲凉的位置上。举手无回，任由风雨中翻覆，尽管他聪颖智慧、才华横溢，但被折断了翅膀的鸟儿，又怎能在天际翱翔？

佛说，一念放下，万般自在。但又有几人，果真能参透这浮浮沉沉的玄机？浮生若梦，为欢几何，能值得回味的人生片段本就不多，再说忘却，莫不是行途一生，太过于苍白？那些曾纠缠了今生的相逢，那些曾温暖了流年的誓词，仿佛都融入在了每一次呼吸里，执迷不悔，因果成痴。

有些相逢，似乎一开始就写定了别离，就像是一出戏，从开场就预示了悲凉。那佛前传诵了千年的梵音，是否佛对凡人的点拨？让我们在尘世迷离中，清醒地看到自己的影子。因此才会说，佛非无情，佛爱众生。只是，若佛背负上世间的情爱，那真是一场太过凄凉的玩笑，必然留下一个遗憾的终结。

（六）潜心修佛

在仓央嘉措心中，仍有一丝不曾熄灭的火，那便是对初恋那纯洁美好的回忆。虽然身在佛前，但他的心却时时飞向那遥远的故乡，梦回与玛吉阿米曾携手同行，赏尽高山流水的天地，他盼望着有朝一日，自己还能从这种生活中挣脱出来，回到心之所系的云水之间，策马驰骋，相爱相依。那种日子，似乎只是想，便能感受到微风和煦，暖熏了心田。

但世事怎可能尽如人意？总会在不知不觉之间，落花流水，流年无踪。只是扫去尘缘后的一颗心，再不可能洁净如初。那些惦念，那些不舍，总会在偶尔的一番醉意下，冲破了清醒的那道心防，一夕成愁。

就在仓央嘉措每日面对枯燥学习之时，一个宛若晴天霹雳的消息透过前来的探访家人，传到了身在布达拉宫的仓央嘉措耳中，玛吉阿米已变成了别人的新娘。他震惊，难以置信，还带着一股深深撕扯心扉的痛苦。

那一晚，仓央嘉措在禅房里独坐许久，甚至连酥油灯即将燃尽在无边的黑夜，也未曾察觉。他感到身体里有什么东西被打碎，有空洞的风吹过，却比那雪山之巅千年不化的冰雪，还要寒冷得彻底。所有心怀的幻想，都在这一刻彻底死去，化作尘埃，消散在无尽的长夜里，唯有残酷的现实，将那颗心刺得鲜血淋漓，遍是伤痕。

仓央嘉措并不懂玛吉阿米为何要放弃他们的盟誓，往事历历在目，誓言犹言在耳，但已物是人非，一种说不清道不明的愁索，在那如豆孤灯一盏的微光中，将他紧紧萦绕。在这辗转不能成眠的夜，他写下这样的诗句——

> 姑娘不是妈妈所生
> 莫非桃树上长的
> 为什么你的爱情
> 比桃花谢得还快

他哀叹少女的无情，仿佛花开刹那，甚至没能欣赏过一春，就匆匆凋谢在一片春光里。这一春，尚且还太漫长，就像看不到尽头的人生，但最灿烂的那一抹流光，最璀璨的一片艳阳，已经无声错过，再见无期。

仓央嘉措与容若，同样在诗词中哀叹春日太短，春光转瞬即逝，在这片繁花似锦凋谢之时，曾经爱过的女子都嫁给了他人，曾经深情的爱恋，都交付给了流水落花。尚未来得及细细品味这春的明媚，却已浸染了秋的凋零。

渡船虽没情肠

马头却向后看

那负心的人儿去了

却不回头看我一眼

　　然而经过一夜静坐，待到晨光放亮，仓央嘉措似乎又了悟了什么。没有谁会爱上离别，自己背井离乡，玛吉阿米要面对的，除了思念，还有不可测的等待。他不能给她留下归期，留下承诺，韶华一瞬，他也不愿见曾深爱的少女，坐等红颜老去，孤寂一生。这样思索着，仓央嘉措便不再怨，他为玛吉阿米感到高兴，那个他们所向往的温暖小家，她终于建了起来，虽然那个相伴的人不是他。

　　他是活佛，但在这之前，他却先是个真实的人，他有血有肉，更逃不出最是柔情的那一张尘网。从那以后，仓央嘉措已经别无选择，连做梦的权利都不再有。他全身心地投入到学习中去，在生活上，他远离人群，每天与他的老师们相处，读的全部都是"无我相，无人相，无寿者相"的佛经。或许是想要借此来逃避开那无边的痛苦和无力挣脱的宿命。

　　无论争议如何，不可否认的一点，对于仓央嘉措来说，桑结嘉措无疑是位严师。桑结嘉措本身就是五世达赖罗桑嘉措非常忠实的拥护者，视他如兄，如父，如自己的人生理想。除了政治之外，桑结嘉措最大的心愿，就是培养出一个像罗桑嘉措一样的仓央嘉措。书中记载仓央嘉措一次带着侍从，到山下游玩，因在雪地上留下了脚印，而被桑结嘉措查出。事后，仓央嘉措虽然只被禁足，但那侍从却获罪而被打死。由此不难看出，桑结嘉措在年轻的仓央嘉措身上还是给予了希望。

《六世达赖喇嘛秘传》里有这样一段记载：那时我正年少，少不更事，讲法时常常坐不住，走来走去，不合听经之规矩。每当这时候，我那皤发皓首的经师总是站起来规劝道："您圣明！劳驾！请别这样，请坐下来好好听。"每当他这样双手合十规劝我的时候，我也就乖乖地坐下来。师父坐到我面前，继续讲解未完的功课。

因此，仓央嘉措对于桑吉嘉措，还是带着敬畏的。在这种沉寂中，他度过了三年的学习。然而此时，时局越发动荡不安起来。早在五世达赖仍在世时，格鲁派便已经联合蒙古和硕特部的固始汗用武力铲除了企图灭掉格鲁派的喀尔喀部的却图汗、噶玛噶举派的藏巴汗和康区的白利土司。但今日形势，瞬息万变，早已不同以往，格鲁派必须改变依附和硕特部的局面。

但桑结嘉措并没有寻求突破之路，选择的方法却仍是五世达赖的老路，请来了准噶尔部作为他的盟军。桑结嘉措的选择，充满危机重重，这位他一心扶持的噶尔丹，正是日后康熙最大的敌人。

就在不久之后，噶尔丹去世了，准噶尔的大权落在了噶尔丹的侄子策妄阿拉布坦手中。桑结嘉措本想继续与准噶尔交好，但这位新的准噶尔大汗却多次上书给康熙皇帝，弹劾桑结嘉措。这一点让桑结嘉措明白，策妄阿拉布坦那昭然若视的野心。生在这样的乱世，又承载着沉重的希望，这是一道紧紧束缚在仓央嘉措身上的枷锁。

人生像酒，饱含着酸甜苦辣，多姿多彩的生活来源于平淡。是谁说的，平淡是福，静静地躺在爱的怀抱里，闭上眼睛享受着阳光的味道，暧昧又缠绵。平即平静，淡则优雅。慵懒地端起手中的咖啡，细细品尝那苦中的一点芳香，生活便从舌尖缓缓地划进咽喉直到融入身体的每一个部位，也许这才是品尝生活，享受平淡。

　　若上苍许我锦瑟流年，我倒宁愿祈求平凡如一颗微尘。行途平淡，也许并不会有太过绚丽的盛开，或许亦会有风雨飘摇之时，但从不会放弃了希望，因为心里知道，坎坷过后总会有晴空的温暖阳光。是那一丝灯塔般的希冀，指引我们一路前行，可以与任何苦难对抗。在暮年之时，跨越过无数沧海横流，回首来路，也可一笑置之，寻一处宁静的桃花源，在日出日落中和爱人细数发如雪、鬓如霜。

卷三 纵使深爱也惘然

　　是否有这样一段姻缘，本以为就此定了三生，却不承想只是情海上空飘过的一朵浮云，相逢只有刹那，因缘际会，各自西东，思念却是一生，难了的却是刻骨的渴慕，这是即便嘴上说着相忘江湖，各自静好，眼底仍抹不去的眷恋。所以，容若遇到了卢氏，仓央嘉措也遇到了达娃卓玛。

　　"泪咽却无声，只向从前悔薄情，凭仗丹青重省识，盈盈。一片伤心画不成。"容若的悼亡词，便是他最长情的写照。仓央嘉措与纳兰容若的爱情故事里，都曾有过这样的铭心、温暖、甜蜜。原本他们就是如此柔软多情，更何况爱情如火，燃烧了流年。因此，他们用诗词记录下这美丽的瞬间，却无力阻止那必然离散的结局。年华未老，你却远走，一夕会，爱别离，又怎是一支素笔能够写尽的心伤？

（一）三生姻缘

三生石上，一夕姻缘，经历了太多相聚离别之后，总会有那个前世早许下盟誓的人，站在红尘的渡口，等待着与你同船而渡，携手山一程、水一程，将那饱受尘世颠沛流离，早已变得荒芜的心湖沙漠滋润成涓涓细流的清泉。这水畔的一草一木，一沙一土，都充满柔情，仿佛一支墨迹清晰的素笔，书写下幸福的篇章。

喜欢坐在湖畔，看着芸芸众生，或是脚步匆忙，或是流连顾盼，那些不同的神情姿态，仿佛在面前演绎着一幕幕跌宕起伏的戏剧。总会在脑海中，编排着各种各样的故事，想象他们在经历怎样的人生，何种相逢，如何落幕。也许一生本就如此，自己难辨之事，落入怡然的看戏者眼中，反倒能够看得澄明。

容若与发妻卢氏，是否也在这烟水蒙蒙的湖边相逢？那一日，她身披霞帔，他胸戴红花；她仪态端庄，他丰神俊朗。虽然隔着那层喜帕，他并不知晓她的模样，但他却明白，这女子将是他今生的妻，是要同他同船共渡，结下这一段情缘之人。

辛亥年十一月，纳兰明珠被一纸调令，升做了兵部尚书一职。

兵部尚书别称为大司马，统管全国军事。在清代，兵部尚书是一品的要职。由此也可见，纳兰明珠身受器重，地位已非一般官员可比拟。

这时的容若，正拜在徐文元门下学习。身为国子监祭酒的徐文元，对这灵性天成、聪慧过人，又精通汉家文化的学生，自是赞不绝口。加之容若早有诗文流传在外，又是这样一个样貌文采俱佳的公子，自然成为了众多少女心目中的情郎。

卢氏本是不折不扣的大家闺秀，父亲是卢兴祖，曾任兵部尚书、广东巡抚、两广总督。到广东后，上奏章请求允许自己在当地办教育。卢氏生于顺治十四年（1657年）十月初五，小容若两岁多，出生在满洲福地沈阳，她也理所当然地受到良好的教育。卢氏跟着父亲到广东，后来父亲调回北京，卢氏也跟着回到北京。

卢氏并非足不出户的小姐，她有七年是在广东长大的。出身这样的名门，自小受的是"传唯礼义""训有诗书"的文化熏陶，加上满汉文化的交融浸淫，使得卢氏"贞气天情，恭容礼典"，自是一派大家闺秀的风范。

她是明珠夫妇亲自为爱子挑选的妻室，除了对卢氏品行性情颇为满意外，生在官宦之家自然也不免让联姻成为筹码。纳兰明珠有自己的考量，他在朝中已然有权在握，与同为朝廷重臣的两广总督结亲，只会更添显赫。

得知亲事那时，卢氏也许是暗自欣喜的。容若之名，早就传遍了京城，他的才情被人们所传诵，他能文能武、德才兼备，对于这样的翩翩公子，哪个少女能够不心生爱慕？她不曾想到，那个被上天所眷顾的幸运女子竟然是自己。

而对于容若来说，才刚结束了那刻骨铭心的初恋，又岂会愿意接受这从未曾蒙面的妻子？容若重情，没有爱情的婚事，他从内心不想顺从。但容若至孝，可勉强应承下来，但却不能在情感上接受一个自己不爱的女子。

> 莫把琼花比澹妆，谁似白霓裳。别样清幽，自然标格，莫近东墙。
> 冰肌玉骨天分付，兼付与凄凉。可怜遥夜，冷烟和月，疏影横窗。

容若词中，常有以花喻人，而他似乎对梅花更多几分钟情所爱。想来也不足为奇，梅花傲雪独绽，冰肌玉骨，斗寒开放，清幽高洁，自然标格，不与凡花为伍的性子，不正与容若的清冷孤傲，颇有些相似之处？这样的男子，必是无法赞同不能自主的这桩姻缘，但他却忘记了，最好的尘缘总在某个转角静静守候，不期而至。

在林清玄的《红尘有缘》中，读到过这样一段话：

人与人相遇、相知、相伴都是缘，是一面之缘、同窗之缘、朋友之缘、亲人之缘。但再没有哪一种缘分比姻缘更能让人心仪的了。两个原本陌生的人，因了那冥冥之中的缘分而走到了一起，从此共同面对风雨人生，手牵着手，一路同行，有一首歌就这样唱道："最浪漫的事就是陪着你慢慢变老。"多么让人感慨。

有时姻缘的际会，真是奇妙，两个全无关系的男女，却因一场风花雪月的相遇而被拉近到了一起。是洗去尘埃，抚平伤痛的雅韵，还是那匆匆一梦，终会再次消逝在苍茫之中，徒留一道感伤的背影？

　　婚姻之于爱情，应是更加深系的缘分，那是两个执手之人，该用一生去呵护的珍宝。一同经历风霜雨雪，顺遂坎坷；一同分享喜怒哀乐，贫苦富庶；一同见证生老病死，然后，唯有此心依旧。那些互相搀扶着行走在黄昏的风中的日暮夫妻，他们结伴行来，陪着对方慢慢地变老，该有多少曲折动人的生命故事，这便是婚姻，比爱情更沉静，比生命更坚韧。

　　那一日，宾客离去，宴席散场，微醺的容若踏入新房。红烛摇曳中，那抹明丽的红色倩影，就那样静静地坐在床头，仿佛静默盛开的兰花，即便遮掩住了容貌，依旧能感受到她的端庄优雅。这就是他的妻吗？他问自己。他本以为，他会冷然以对，让她明白他无意在此，但在那一刻，他竟有了种一窥究竟的愿望。

　　他不由得走上前去，掀起喜帕，那一瞬间，四目相对，有种莫名的情愫缱绻晕染开来。窗外月色正明，映出屋内人影成双，那张容颜，眉清目秀，一双眼眸，宛若盈盈清水，涤荡过容若的内心，吹起层层涟漪。容若知道，从此眼前的女子便会在他的生命中占据极其重要的一角。

　　容若总还是幸运的，因为他至少曾拥有过两情相悦，又能明媚相守的岁月。虽然天长地久有些遥不可及，但上天终是待他不薄，在失去一段两小无猜的初恋后，又赐予了他这样美好的姻缘，让他觉得光明重又照耀了流年。他牵起卢氏一双小手，两人坐在了桌前，饮下那交杯酒，只盼望从此后恩爱情长。

许多时候，我们并没有选择缘分的权利，但选与被选，又真的重要吗？只要那份缘温暖而来，将浮生染上一抹新绿，将心扉漾成一池春水，我愿做那踏青的赏花人，或是千年往来于水上的撑船者，将所有春光韶华收入行囊之中，不恋似锦繁华，只愿一生被人妥善收藏，悉心保存。

（二）举案齐眉

是否人拥有了美满幸福的姻缘，看这万千的世界都会觉得一片锦绣？更多时候，山水之秀，盈缺之月，自在于心。既然没有人能真正面对人生起落，宠辱不惊，那么，一段温暖的爱情，也是个疗伤的良药。再多的生而不顺，再多的凄风苦雨，都能在这避风港湾中变得岁月温柔，光阴静好。

时光荏苒，总是能磨平许多岁月留下的伤痕，但总不如有人相伴。幸福，往往最能驱散过往的伤怀，因此，若有幸福来敲门，便不用去管有多少是真，不用去想是否能一刻悠长。即使是再有始有终的人，都无法在爱情面前，追求那永不离散的结局。

初恋无疾而终后的容若，是病中多情的公子，苍白的容颜下，是一颗纤细敏感的心。但这一桩天作之合的婚姻，却如温柔之手，抚平了他心上那一道道伤痕。让他不再沉浸在对往事的追忆中，也令对仕途渐渐迷茫疲惫的他，能有了暂时休憩的一方天地。

从那以后，容若更加眷恋起"家"这个字，只因为有盏明灯，总会在夜深人静时，仍为他守候。千灯万盏，不如心灯一盏，卢氏的温柔体贴，点燃的是容若心中那团火，卢氏如水，反而越发令这火焰燃得更烈。

彼时正是容若殿前为官，事务忙碌之时。偶尔挑灯夜读，偶尔整理政事，回到房中，卢氏总是一如既往地等待。她端来茶，为他披上外衣，柔声劝他早些休息，在她口中，从听不到一句抱怨之词。甚至在容若琐事缠身，不能入睡时，她便会静静地坐于他身边，红袖添香，茶冷了再重新换过，就这样，陪伴他度过漫漫长夜。

催道太眠迟，这样的平淡小事，可能每天都会发生，但在容若看来，这样的唠叨不烦人，却是世上最美丽的事。尤其这女子，还是他所爱之人。容若将这种幸福付诸在笔下，写就了这首《浣溪沙·旋拂轻容写洛神》——

旋拂轻容写洛神，须知浅笑是深颦。十分天与可怜春。

掩抑薄寒施软障，抱持纤影藉芳茵。未能无意下香尘。

紫薇茉莉花残，斜阳照却阑干。轻声吟唱的是你，洛神一样绝美的女子。月光下，一位翩翩多情公子，执笔作画，你双眼皮的呼吸和袅娜的脚印。你的酒窝随微笑一张一合，醉倒十坛美酒，他的忧愁。你是春天的姐妹。皱皱眉头，就是微风一缕，细雨一丝。你有薄薄的寒冷，他有暖暖的夕阳。你们一起拥抱的时候，芳草开遍天涯。

这首词清新洒脱，写的是为一美若神仙的女子画像，表达了对这位女子由衷的赞美和怜爱。上阕说为她画像，她的形象实在太可爱了，连不高兴时皱眉的样子都好像是在微笑。只"须知"一句便极传神了。下阕说画中的情景，但不是客观的描述，而是语带深情。"掩抑""抱持"即表明其怜爱之情切。最后的收束又颇为浪漫，将眼前之人与画中人合一，说她是仙女下到了尘界，而"未能无意"又将她也情意绵绵的情态勾出。

都说"情人眼中出西施"，在《洛神赋》中，曹植用"其形也，翩若惊鸿，婉若游龙，荣曜秋菊，华茂春松。仿佛兮若轻云之蔽月，飘飖兮若流风之回雪……"来形容洛神，而在容若眼中，自己美丽的妻子，有着丝毫不输洛神的神韵，正是天下无双的美人。

只是曹植与爱人，终是错身而过，未能有一刻的厮守，对于此时的容若来说，望着所爱的妻子，他觉得自己至少是幸运的，得妻如此，夫复何求？他发誓会用一生的时光，去好好呵护她、爱她，就这样白头到老，便已然是一种幸福。

但有时命运，却总如刀戟，偏会在云端亮出锋利的一面，将所有山河岁月割裂，浸染在人间惆怅中。天长地久，究竟会有多远？没有一段爱情，能够长过这亘古不变的天地。白居易的《长恨歌》中也曾写道："天长地久有时尽。"是否我们所遥望的彼端尽头，就算倾尽一生，也终是无法到达？幸福看上去那样近，要抓住握在手中时，又似乎飘远到了天边。

综观容若词中，像这样的开怀之作并不多见，这与他的际遇心境都紧密相关。但不难看出，与卢氏相处的岁月里，他确实幸福而平静，这是他三十一年的人生里最为明亮的一点星火，一丝流光。

　　阶前双夜合，枝叶敷花荣。疏密共晴雨，卷舒因晦明。
　　影随筠箔乱，香杂水沉生。对此能销忿，旋移迎小楹。

合欢树，光听这树的名字便有了几分暧昧，颇有有情人"执子之手，与子偕老"的缠绵意味。这一首《夜合花》记录下曾看到一则关于容若与合欢树的故事。

容若少年时，有一次去西山游玩，回来时移来两棵合欢树的树苗，植到了自家的花园里。每日里浇水、松土，悉心照料。也许最初只是一个少年人的玩心而已，可谁想到这两棵树竟顽强地活了下来。

容若每日在树下读书，在树前习武，日复一日，年复一年，树长高了，容若也长大了。随着岁月流逝，他渐渐烦恼多了，心事也多了，无人倾诉的时候，便说给这两株合欢树听，容若的秘密，它们都知道。

　　不久之后，容若考中了进士，更是做了御前侍卫，显赫的家世，平步青云的仕途，人人称羡，但他并不快乐，仍旧每日在树前心事重重地徘徊，倾诉着自己的失意，以及那一段并不顺遂的情殇。

　　二十岁那年，这两株合欢树迎来了一位新主人，贤淑温雅的卢氏——容若的妻子，羞答答地站在了树前。容若笑了，从此不再形单影孤地在树下独立，总有一个娇小的身影，在旁边相伴。树影婆娑，遮住烈日风雨，将相拥的两人笼罩在宁静温馨之中。

　　他给她讲朝中的见闻，给她吟自己新填的词，尽管卢氏不懂官场，但她总是笑盈盈地听着，听丈夫讲他的雄心抱负，讲他的种种不如意。黄昏时，两个人总坐在树下轻轻私语着。他说："有你真好，真希望就这样一直坐下去，一辈子……"她笑笑，俏皮地问："那如果有一天我离开了这个世界了，你又如何？"他望着她的眼睛，怔怔地答："不求同月同日生，但求同月同日死！"她的眼睛湿润了，却是更深地依偎进他的怀中。

　　故事读到此，仿佛常见的幸福爱情，都少不了这样一个誓言无声的片段，从此后，两人过上幸福宁静的日子。但在许多的故事里，却只有暗埋了伏笔的开始，甜蜜相依的经过，却并没书写下天荒地老的结局。然后我们警觉，这就是现实。

　　我们总希望少年夫妻，老来相伴，因为那一块被情浸染的心田，因为岁月光阴的洗礼而变得越发风情万种。就像是一对早已磨合得严丝合缝的茶壶与盖子，对于彼此，再熟悉不过。多年以后，无须言语，只一个动作，一点余光，便能了然对方心中所想。我拿着书，静静而坐，你在摇椅上无言相望，窗外暖阳洒落，最是那不敢惊扰的祥和与宁静。

（三）念念不忘

　　相守自是一种幸福，但虽然容若与妻子柔情蜜意，却总还要跟随在皇上身侧，天南地北，常年奔波。因此，和卢氏的恩爱相伴，便只能是短暂相聚，然后就是漫长的分别。可以说，在两人成婚这几年中，大都是聚少离多。

　　提到分别，首先想起的便是金代元好问的那一首广为流传的《摸鱼·雁丘词》——

　　　　问世间、情是何物，直教生死相许？
　　　　天南地北双飞客，老翅几回寒暑。
　　　　欢乐趣，离别苦，就中更有痴儿女。
　　　　君应有语，
　　　　渺万里层云，千山暮雪，只影向谁去？

　　金庸在"射雕三部曲"中也引用了这首词。每每读到这首词，心中念念不忘的便是杨过与小龙女那场十六年的凡尘情事。十六年的魂牵梦萦，十六年的生死分离，黯然销魂者，唯绝情谷畔的那对璧人而已。

那一年，容若随康熙北巡，走出繁华的京城，才知却原来还有这般塞外的壮观。容若从来都向往烟水蒙蒙的江南，在他的词中多流露出婉约之气，似一幅灵动的清韵山水画，泼墨在眼前，虽并不浓烈，却漫过人心。但由于多年随康熙外巡，也作有许多描绘塞外景色的词句。

初读容若的《长相思》，还是在语文课本上。短短几行，占不到半页纸张，但那些文字却力透纸背，将那种苍凉又雄浑的画面，挥洒在字里行间，让我重又认识了容若其人。原来，那个翩翩公子，不仅会泛舟湖上，醉倒花间，还有这豪气万千的一面。

山一程，水一程，身向榆关那畔行，夜深千帐灯。

风一更，雪一更，聒碎乡心梦不成，故园无此声。

宁静的深夜，容若躺在帐中，外面是凛冽的风雪，几乎要将这营地中的灯光，湮灭在无尽的荒漠中。京城的软红千丈，春光明媚，似乎已经远在天边，耳边听着打更声，容若睁大着眼睛，了无睡意，在这没有尽头的漫漫长夜，细数着自己那清晰的心事，竟有种不知身在何处的感觉。

他首先想起的便是等在家中的妻子。此时她在做什么？是坐于灯下，织补刺绣，还是也在望着夜色，思念着在远方的他？在这千灯万盏中，总有一盏是属于自己，而红尘之中相逢，情爱荼蘼盛开，这一段姻缘便是上天赐予他最好的礼物。是她的守候，为他铺就了道路，让他能够在仕途中越走越平顺。如果说容若完全厌倦这种生活，全无报国之志，未免也有些片面之词的嫌疑。只是生命本就是个不断经历的过程，每一场应约而来的花事，谁都无法预言是悲是喜的结局。

帐外漫天的风雪，让容若第一次体会到边塞的沉郁。他若有所悟，幸而自己还能在不久后再回到那温暖的家中，与妻子青梅煮酒，琴瑟和鸣。可那些驻守边关、马革裹尸的兵士们，等待他们的，却唯有生死一劫，和不知何处是归途的苍凉悲哀。想到这里，容若不禁更加归心似箭。

多少个夜里，容若都是在这种思绪中沉沉睡去——

万丈穹庐人醉，星影摇摇欲坠。归梦隔狼河，
又被河声搅碎。

还睡，还睡，解道醒来无味。

李清照的《如梦令》写尽少女无忧情态，但容若这一首《如梦令·万丈穹庐人醉》，则又是另一番全然不同的风貌。

关于这首词，黄天骥在《纳兰性德和他的词》中，曾有过明确评析："1682 年（康熙二十一年）3 月，纳兰性德随从康熙皇帝出山海关，到辽东一带巡视。在征途中，诗人面对着气象豪雄的营地，

把奇景摄入诗笔。但他又怀念自己的家园，不禁以酒遣闷，希望沉醉不醒。但是，大凌河水，惊涛拍岸，把梦中人催醒了。当一觉醒来，这思乡者又赶紧叮嘱自己再睡一会儿，因为睡着了总比眼睁睁地思乡好过一些。这首词，意境阔大而带悲凉，是独辟蹊径之作。"

在北巡期间，容若写尽塞外样貌，在他的词作中，可以说是一改从前的婉约轻柔，另成一派。王国维《人间词话》云："'明月照积雪'，'大江流日夜'，'中天悬明月'，'长河落日圆'，此中境界，可谓千古壮观。求之于词，唯纳兰性德塞上之作，如《长相思》之'夜深千帐灯'，如《如梦令》之'万帐穹庐人醉，星影摇摇欲坠'差近之。"

容若终究还是才情惊人的，只是"慧极必伤，深情不寿"，上苍给了他荣耀，给了他才华，给了他翩然容貌，却偏偏收回了他最为看重的爱情顺遂。这时的容若并不知道，他将所有情意付诸流年，等待他的只是短暂相守过后，长久的生死离别。

佛说："你看那普陀沙滩，你漫步其上，留下的足迹明日尚存？人生就是那一手握住的普陀之沙，握得太紧、要得太多，能带走的又有多少？你怕失去，不如放手，让它留在沙滩上吧，让它就在那里！人生的故事就是那足迹，它终究是要消失的。"

那些关于爱与恨的记忆，是否也能如这昨日流沙，在指尖轻轻飞扬，化作消失的脚印？如此，便可忘却痛苦，不记前尘。但如果能够选择，有多少人又愿意忘记？就像伴随冰融的总是春日，伴随落花的总是金秋，那些深深浅浅的回忆中，有背离便有相依，有惆怅亦有风月，难道真要泛舟一叶，将所有曾经，洒落在时光的浩渺之河中，随清流而去？

时间久了，总会在世事浮沉中，生了几分厌倦之心。众生都愿顿醒，有朝一日，忘却烦忧，心若长空。只是这愿望，终凋逝在那些消融的岁月中，无心赏沧海桑田，春花秋月，只一身风尘，满面风霜。回首才发觉，我们对那些早已写定的相聚离别，除了留恋，无能为力。这一悟究竟需要多久的光阴？是一生一世，还是要交付给下一次的轮回？

（四）人生长恨

时间的长河，总是那样静静流淌，翻起的浪花，记录下浅浅的光影。相聚离别，花事难了，有种期盼，到了尽头，便是个崭新的开始。我们似乎在一道又一道的牵绊中，守着既定的位置，做着自己认为该做的事情，但时间变幻，却远比这些，还要奇妙，否则便不会有人说，我猜到了开始，却猜错了结局。

容若回到家，又多了一个新的身份，成了父亲。说到这里，就不得不提容若第一个儿子富格的母亲，容若的妾室颜氏。历史上，对颜氏的身份也并无过多介绍，只在其子富格的神道碑文中有所记载。

有人说，颜氏是在卢氏进门前就已经嫁入了纳兰府，因为一时间没有找到门当户对的人选，明珠夫妇为他置一侍妾，慰其孤寂。自此，颜氏便以妾室的身份侍候容若。也有人说，颜氏与卢氏嫁给容若的时间相差不久，应是前后。但不管怎样说，都无法抹杀颜氏这个静默如水的女子曾出现在容若生命中的事实。

放在那时代，三妻四妾其实并不称奇，容若一妻一妾，已算不多。

但一颗心的容量毕竟有限，如果装了一个人，就再难容得下另一清晰的身影。容若将满满的爱恋都放在了卢氏身上，对于颜氏，他始终是相敬如宾的。但在容若身边的女子中，颜氏可说是陪伴他最久的，从开始，到结束，她就那样站在他身边，成为他锦瑟流年中一抹并不浓烈的点缀。

在一片明丽的色彩中，最引人注意的似乎总是枝头娇艳的春花，又有几人能停下匆忙的脚步，去欣赏才破土而出的小草？春花璀璨，却一瞬凋谢，唯有碧草如斯，年年复生。因此一点微尘，一棵青草，也许都会成为心之驿站。虽然生命总有归途，但我却期期乞求，让这一生行迹能够更加长远深刻一些。

比起卢氏，颜氏的存在就黯淡了许多，但谁又能说，容若身在塞外，在无数个思家的夜里，挥笔所书写的那些深情词句中，没有一句是属于颜氏的呢？容若所眷恋的是家中守候的柔情，每每回到家门，那倚门而望来的目光中，也总有颜氏静默的注视。

这时的容若是幸福的，即便是塞外的冷风，侵袭着他的身体，让他本就不好的身子，几次抱病在床，但只要想到家中妻儿，就如燃起了一团不灭的温暖之火，那是希冀的光芒，让他觉得这一生还有所留恋。

偶尔，他大约也会想起那段随风而逝的初恋，和并不遥远，却如隔天涯的表妹。但这些都仿佛昨日一场黄粱梦，再度忆起，竟已然不再痛彻心扉。是那些为他守候的红颜，与他血脉相连的亲人，抚平了他内心那道深刻的伤痕。

但他却忘了，只要行途还未结束，就总有那不可预知的劫数，在前方蛰伏。所以人常说，岁月是把双刃剑，它给了我们深沉的积淀，但这所得却要经历沉重的付出。历练是一道坎，跨不过，便一念成执，做了那一缕凄凉的秋风。

康熙十六年是容若与卢氏成婚的第三个年头。这一年对于容若来说，本该是最为欢喜的一年。父亲纳兰明珠再次晋升为武英殿大学士，位极正一品，权倾天下、仕途顺遂，给纳兰家带来了无上的荣耀。也是在这时，卢氏发觉怀了身孕。

虽有颜氏的儿子富格在前，这并不是容若的第一个孩子，但容若还是满心欢喜，因为这是他所钟爱的女子为他孕育的骨血。他只要想到，会有个有着他的模样，或是卢氏性情的孩子，无论男女，都是极好的。这个孩子，是他们三年恩爱的见证。

不仅是容若，整个纳兰家都殷殷盼望着孩子的出世。看一朵花由生根到发芽；望一棵树从幼苗渐枝繁叶茂；观一场雪由飘飞到银装素裹。等待的时光总是那样漫长，但只要心怀希望，心中便不觉得苦。其实，苦乐都流连在滚滚红尘，一切皆源自内心。也许唯有看得开，人生的幸福快乐才能更长久一些。

几月之后，卢氏顺利产下一子，取名海亮。容若爱怜地抱在怀中，逗弄着粉嫩的孩子，握着他柔软的小手，这一刻，他真切感受到了涨得满满的幸福。可世间幸福，偏时常不能圆满。都说时光如白驹过隙，那一抹幸福际遇，远比时间还要短暂，宛如流星划过天际，又似花期绽放到了尽头，转眼便黯淡了芳华。

就在这新生命到来的一个月后，卢氏因产后受了风寒，缠绵病榻，日复一日地憔悴了下去。容若看在眼里，心像是被浸透在寒冰中，一种忧虑与恐惧将他紧紧缠绕。不知这时容若是否已经有了离别的预感，人世间很多的事情，看是巧合，其实是命中注定。

　　辛苦最怜天上月。一昔如环，昔昔都成玦。若
　似月轮终皎洁，不辞冰雪为卿热。
　　无那尘缘容易绝。燕子依然，软踏帘钩说。唱
　罢秋坟愁未歇，春丛认取双栖蝶。

　　月色如幕，似乎总在历代的诗词中笼罩着淡淡的哀愁。提及写月的诗句，首先想到便是苏轼的那首"但愿人长久，千里共婵娟"，看来，无论在何时何处，祈望着相守相依的念头，总惊人地重复轮回。

　　只是，世上总有那许多离别的无奈，竟无有一种流年能够尽如人意。这大抵是上天的玩笑，让众生都能尝到悲喜滋味吧？但我又觉得，老天并不会如此无情。那些独受了他眷顾的人，他总不舍得让他们多受红尘流离之苦，才会在赋予了他们短暂的流年之后，便仁慈地又收回到自己的身旁。

　　在素白的月光下，我们总能看到自己最深的灵魂，寒枝拣尽，已然走过荒芜的四季，人生二字，还留下些什么？偏在这时，我们比所有人都清醒，那样无奈地看着自己，走向必然的宿命，连呼喊都发不出声音。唯有梦境，可以慈悲，一梦醒来，便被无边的寂寥

所深深缠绕。那是一种无药可医的毒，它的名字叫作相思刻骨。

若尘缘是一张网，究竟网住了多少悲欢离合，黯然成殇？终是逃不开，挣不断。那"不辞冰雪为卿热"的男子，为了病重的妻子，不惜在寒冬腊月，让风雪侵袭冰冷了自己的身体，再与妻子降温的痴情男人，终也是无法感动天地，挽留妻子那即将燃到尽头的生命之火。

（五）相思无涯

都说每一个文字，都承载着一个故事，都是一种毒，浸透着人生中每一段悲喜，决绝到令人神伤，清冷到使人黯然。但那些字里行间的深意，却也是种解药，在那些被冷雨打湿的前世今生里，在心上撑起一把油纸伞，将无处宣泄的伤感化作温柔低诉，也许有朝一日，雨季停歇，便可重拾欢颜。

在所有成文中，我偏爱散文，因为总能从意蕴悠远绵长的词句中细细描绘出春花盛开，秋叶飘零。也许有些东西，吸引人的不在于它本身的情韵，而在于它承载了多少遐想，供人各自品味。在每个人的经历与回忆中，给予了不同的感情。读容若的词，便有些异曲同工之妙。

此恨何时已。滴空阶、寒更雨歇，葬花天气。三载悠悠魂梦杳，是梦久应醒矣。料也觉、人间无味。不及夜台尘土隔，冷清清、一片埋愁地。钗钿约，竟抛弃。

重泉若有双鱼寄。好知他、年来苦乐，与谁相倚。

我自中宵成转侧，忍听湘弦重理。待结个、他生知

己。还怕两人俱薄命，再缘悭、剩月零风里。清泪尽，

纸灰起。（《金缕曲·亡妇忌日有感》）

　　容若之词，以悼亡词闻名，但后人在欣赏他清丽婉转的词句时，又有谁真能读懂那字里行间，笔笔皆是泪？即使他日夜跪在佛前祈求，不要带走他所爱的女子，可卢氏还是在几个月后，因重病而离开了她所眷恋的丈夫与才出生的儿子。这对于容若来说，仿佛丧失了生命中最为明亮的那一道光芒，从此这世界便在他眼中沦为了黑白。

　　有时那些曾经幸福的片段，不正如铭刻在三月里桃花瓣上的印记？阳春三月，流光飞舞，那一片片的缤纷，如蝶般舞动在风里，芬芳浸染，漾起心头一抹清辉。但春日短暂，暖意一瞬，转眼就不可避免地过了花期，踏入凋零的季节。随着风起，萧瑟而无情地拂落枝头娇艳，化作地上点点残红，随波飘零。

　　偶尔也会想着，也许，那些去年凋谢在寒冬中的花儿，仍会在来年再度盛开吧？只是，眼前这春景，毕竟不是曾经那一幕，就像是落幕的戏剧，即便是唱着相同的曲目，念着同样的戏文，也并非当初看戏时的心境。那么，流年之花，也不知开在了何处彼岸？可去年赏花时那般的幸福，许亦随着此去经年了。

　　对于容若来说，上苍给了他一个美好的经过，然后，复又收回，这种赐予往往远比未曾得到过，更加痛彻心扉。更何况，景有心饰，

90

情为心迷，生活如风传情，雾迷茫，雨清澈，光绚丽，真实在人，虚幻在人，率性使情，无忧于天，然而容若，却从来不是个能忘却情缘的人，他甚至远比寻常人，更加怜惜那一朵花的消逝，一溪水的流走。又怎能轻易就放下了这早已成执的感情？一念起，即便千山万水，只盼此情不渝；一念灭，纵然沧海桑田，但愿我心悠然。

所以，容若才会写下那许多悼亡的词句。在他们曾经生活的宅子里，四处都还存留着爱妻的深浅痕迹，秋风拭不去，冬雪掩不尽。曾记否，两人携手漫步，寻芳春日？曾记否，那年夏天，秋蝉鸣鸣，他灯下夜读，她在旁为他摇扇？曾记否，秋日院中，她拾起一片黄叶，兴叹落花流水，宛若人生一秋，终有尽头，他还笑她的多愁善感？曾记否，那年大雪纷飞的冬日，她为他添上一壶暖茶，两人同赏那一枝寒梅？而这一切，容若都会在每个夜深人静的夜里，把所有思念哀痛付诸笔墨中，然后又将那些写好的一页页纸张，扔进烧得正旺的火盆中，而他的一颗心，也在这飞灰中，片片零落。

那个冬日，容若又病倒了，他那因卢氏的到来而日渐好了许多的单薄身体，又被更加汹涌的病痛所折磨。而他无力阻止，也不想阻止。但求同年同月死，一生一世一双人，若能就这样随着爱妻去了，对于容若来说，也是种极好的解脱吧？

此时的家中，颜氏还在支撑，还有两个孩子和那许多琐事，容若无心理会，颜氏静静处理着一切。家里瞬间变得安静下来，容若苍白憔悴地躺在床榻上养病，他从不知道，只是少了一个人，整个世界便会变得如此清冷，仿佛被腊月的飞雪紧紧包围。岁岁年年，雪花依旧，可那曾同赏雪的人，如今却去了遥不可及的彼端。

　　　心灰尽，有发未全僧。风雨消磨生死别，似曾
相识只孤檠，情在不能醒。
　　　摇落后，清吹那堪听。淅淅暗飘金井叶，乍闻
风定又钟声，薄福荐倾城。

　　心如死灰，除了蓄发之外，已经与僧人无异。只因生离死别，在那似曾相识的孤灯之下，愁情萦怀，梦不能醒。花朵凋零之后，即使清风再怎么吹拂，也将无动于衷。雨声淅沥，落叶飘零于金井，忽然间听到风停后传来的一阵钟声，自己福分太浅，纵有如花美眷、可意情人，却也常在生离死别中。

　　卢氏亡故后，容若更加频繁地出入佛院，这一首《忆江南》深深萦绕着对爱妻的思念之情。夜凉如水，一月清冷，点烛夜望，不能成眠，想到那倾国倾城的女子，如今已是生离死别，便更加品到了世事的薄凉与凄楚。

　　有一年多的时间，容若都停留在寺院中。卢氏亡故后，她的灵枢并未立即葬入祖坟，而是停留在北京郊外的双林禅院中。容若此意，几乎所有人都不难猜得到。他不能接受爱妻已经离他而去的事实，想要极力挽留些什么。能够在这样的距离，相处这最后的时光，只是片刻，便好过那孤单的浮生一世。

　　他忽然羡慕起那些清修的僧侣，落掉三千烦恼丝，是否真能了

断了尘缘，不再尝这万般苦？若心都能如佛，静如止水，参透了凡尘种种，那些禅意，一点足以填平这许多的浮沉。心如死灰，却在迷途中不能醒，明知自苦，无奈处处伤情。

　　在寺院中的岁月，容若做得最多的就是在禅房内研读佛经，他想在这些佛开释世人的语句中，寻求到心中宁静的一刻解脱。他读得最多的便是那本《楞伽经》，也正是在那时，取了个"楞伽山人"的号。但那永远难以跨越的生死界限，却永远成了他心上最深刻与无奈的痛楚，即便漫读着经书，也不能连根拔除。一棺之隔，一步天涯。

（六）独画相思

也许，每个人生来便都是为了一种修行，不论生命长短，都总要行遍了千山万水，看尽那众生苦乐。只是那些曾并肩而行的人，真的能够如淡水无痕了吗？总会在那芬芳难掩的日子里，静坐一抹暖阳之下，望着窗外流年浮动，便有旧时光中的剪影，深深浅浅，伴着春日水汽氤氲，迎面而来。

仿佛不忍踏碎现世的静好，却又忍不住去怀想那许多不再盛开的回忆。虽然天意难违的道理人人都懂，却不一定每个人都能参悟得透彻。物转星移，尘埃落定，而心底那一道不为人道的沉默，不知何时，终是渐渐淹没在了沧海桑田之中。

> 一种蛾眉，下弦不似初弦好。庾郎未老，何事伤心早？
> 素壁斜辉，竹影横窗扫。空房悄，乌啼欲晓，又下西楼了。

这一首《点绛唇》，开头以"蛾眉""下弦""初弦"等形象隐喻所思之人的情貌，清新而婉曲。下片皆以景语出之，化情思为景句，又含蕴要眇之极。许多考据者都曾提及，说能够看到容若的续弦官氏的影子。

在卢氏亡故后的第三年，容若还是续娶了官氏为妻。那一年，容若二十九岁。官氏乃光禄大夫、少保、一等公官（瓜）尔佳颇尔喷之女。颇尔喷隶满洲正黄旗，曾任内大臣和领侍卫内大臣，因此在容若所有妻妾中，官氏可算得上出身最为显赫。颇尔喷看重容若才华，愿将女儿嫁给他，并且征得了纳兰明珠的同意。于是，在这件事上，命运再次没有留给容若选择的余地。

关于容若与官氏的婚姻，后人众说纷纭。有人说容若迫于压力才娶了官氏，所以对官氏并无感情，唯有疏远漠然，两人生活并不和睦；也有人说，容若与官氏不睦，并不属实，也无真凭实据。其实，容若从不是个复杂的人，从他的诗词中，不难看出他一片心迹——

容若重情，自然也无法轻易忘情。他对亡妻的思念，也是从未曾停歇。午夜梦回，仿佛触手还能抚摸到佳人曾回的温度，梦中两人执手相望，多少话语，皆化作不言。都说容若诗词中鲜少写到与卢氏生活的细节，但细细寻来，也有"绣榻闲时，并吹红雨，雕栏曲处，同观日斜"，只是这种快乐韶华，再也难寻。

　　　　泪咽却无声，只向从前悔薄情，凭仗丹青重省
识，盈盈。　一片伤心画不成。
　　　　别语忒分明，午夜鹣鹣梦早醒。卿自早醒侬自

梦，更更。泣尽风檐夜雨铃。

这一年秋冬，皇上下了圣旨，要容若担任乾清门的三等侍卫。但这样忙碌的日子却并未能让容若忘却烦恼，从这一首《南乡子》中，便不难看出容若的不快乐。再妙笔的丹青手却难将心中伤怀，一笔笔描绘开来。天涯路不归，何处是桃源？容若所向往的那种与相爱之人一壶酒，一盏茶，日光温柔，岁月如水的日子，终还是天边一抹浮云，掩盖了生命中的流光，却是无处可逃。

他在《沁园春》序言中写道："衔恨愿为天上月，年年犹得向郎圆。"万般不舍，寄予明月，个中相思苦，未读已惘然。那些曾经的长青岁月，幸福时光，却原来唯有梦中再会，梦醒后，也只是更添惆怅罢了。无论有多相爱，无论多么不忍放手，终是宛若凋零的秋叶，回不去了。只能在老去的年华岁月中，遍寻一点痕迹。

但官氏是宽容的，她体贴着容若的思念之情。官氏也是个温婉的女子，她和卢氏一样，洗手做羹汤，在寒夜为他披衣，在灯下为他研墨。尽管陪伴在容若身边，她却也能感觉，容若待她虽好，总似乎有一道难以打破的藩篱。那心与心的距离，是世界上最近，也最远的路途。即便能够修得夫妻同船，是前世早有的约定，但无奈总有太早或是太迟。官氏并没有错，是造化太过弄人，容若的心里，已难再满满盛装下一个人，太多世事的凄风苦雨，太多辛酸不如意，都令他无法倾尽去爱官氏这个明媒正娶的续弦妻子。

依照今人来看，那时的官氏，也是可怜的女子。世上哪个少女，

96

不渴望一份两情相悦的爱恋？更何况，对方还是名满京华的翩翩公子。嫁到纳兰家，想来她也本是带着无限期待，但现实总是那样无情，她用了一年的光阴，却并没能让夫君注视的目光落在她的身上。她知道，他的视线总是越过自己，在望着莫名的远方。每次当她想要更加上前去靠近他，都每每被这薄凉的霜华，阻住了脚步。所以她和他之间，永远相隔着最近，也是最远的距离。

容若是那样令人所望的男子，他惊才绝艳，他才情无双，但他却并非官氏的良人。如果是放在现代，尚且还能放手两散，也许官氏的姻缘，还在未知的路途中等待着与她相会。但那毕竟是个身不由己的时代，她既嫁了他，就只是一心一意，守着那明知看不到地老天荒的独角戏，坐看流年里那场没有结果的感情终结。

读到这里，忽就想起《无果》中的歌词唱道：

> 是开不出姻缘缠绕着的分割
> 瓣影零落怎么凋谢了
> 别离时盛开的承诺
> 那是你说往事开花无果

世间究竟有多少无果的姻缘，凋零在刹那芳华之中？我们似乎永远在一个追赶的姿态中，错过了最珍贵的情缘，再回首时，已在恍然中偷换了人间。能够在对的时间，遇到那个对的人，从此山高水长，岁月静好，在很多时候，终是一种太过美好的祈愿。

都说世事无常，早有定数，不知那悉心等候的良人，是否会到来，若不相逢，岂不镜花水月，空幻一场？但那又如何？我更宁愿心怀这种期盼，将所有等候付诸妆点起平淡的流年，镌刻于一株草木，一池碧水，一片芬芳之中，以便能够在最好的姿态，遇到那温柔了浮生的人，然后，懂得珍惜，学会相守。

卷四 佛先前最后一抹眷恋

　　在禅院里，容若伴着挚爱妻子卢氏的棺椁，在那每日的晨钟暮鼓中，希望能够参透人生，看破相思，了却悲伤，然而却并不成功。其实，他又怎知道，情之一字，便是佛也难看得通透。心中有了禅意，未必能跳脱出红尘万丈，爱情那道迷津，总蛰伏于每个纵横交错的路口。

　　"世间安得双全法，不负如来不负卿。"这句家喻户晓的诗句，恐怕正诠释了仓央嘉措最深沉的一段爱恋。但正如容若没能挽留住那段给他带来温暖的爱情一样，仓央嘉措也终是没寻到那"不负如来不负卿"的两全之法。只是不同的是，容若与爱妻，面对天人永隔的死别，仓央嘉措和那心爱的姑娘，却只能在无力挣脱的现实中生生分离。

　　我们无法用一道天平来衡量出生离死别，究竟哪个爱到痛心，但总有种深爱会在沧海桑田之后，依旧清晰如新，也许那便是宿命吧。是我和你终究共赴一场尘世之约，却不能执手画今生的魔咒。可我们偏偏相见相识，造就了今世的情缘。

（一）再无少年

红尘万丈，长情为苦，明知泥足深陷是个无尽深渊，但却依旧有那许多人，愿踏着这片泥沼，去寻求柳暗花明之间的桃花源。情缘二字，本就美好，情似春水澄澈温柔，缘如和风吹入心扉。情本没有错，若说错的，大约只是那一点痴念，与误入了时光深处，而被会错的缘分而已。

如能那样简单就放下，许就担当不起"情"之一字，因此，许多人沉沦，即便是佛，也不能一一度化。更何况是个并不心甘情愿的佛？容若将种种愁苦交付于文字，而那雪域高原上，被困在金碧辉煌的布达拉宫中的仓央嘉措，却是禁锢不住他一颗渴望红尘种种的心。

据说为了方便更好地休息娱乐，仓央嘉措在那神圣的布达拉宫后面小岛上，建起了一座精美阁楼，取名叫作"龙王潭"。仓央嘉措在研习礼佛之余，更喜欢唤上拉萨城里的男女青年，唱歌跳舞，饮酒狂欢。

这里自然不会埋没了仓央嘉措的才华，伴着美酒歌舞，仓央嘉措的热情澎湃，总是脱口就能唱出一首首悠扬的情歌。这些年轻人为之深深折服，通过他们的演唱，很快就传唱开来。在这些字里行间，凝聚着仓央嘉措一颗炽热的心，以及对于能穿透心灵那种爱情的深切渴望。而这不容于佛前的念头，他似乎从不掩饰。

仓央嘉措不仅仅满足于此，他那如风又如火的心灵，渴望着更为广阔的天地。他不喜欢那辉煌宫殿里的清规戒律，一有空余就偷偷穿上俗人的衣服，戴上长长的假发，行走于市井之间，和朋友一同游玩，享受世俗生活的欢乐。

他们相遇在那夜幕低垂的街边酒馆，昏暗灯火的掩映，可以使仓央嘉措更好地隐藏着自己。在卓玛面前，他的名字是宕桑汪波。和许多寻常青年一样，他仅是个沉浸在幸福与喜悦中的男子，面前姑娘那如水般的面容，映在他深深的眼底，成了痴念一点。

达娃卓玛无疑是个美丽的女子，特别是那一双眼睛，盈盈剪水，仿佛无须言语就能传情。仓央嘉措对她一见钟情，两人爱得如痴如醉，白天一起歌舞游玩，夜里常常私下幽会。她用优美的嗓音，唱着他的歌，而他，在她的歌声中，已然沉醉不醒。

但是，现实远远不如爱情这样美好，仓央嘉措的教派严禁僧徒结婚成家，仓央嘉措作为高高在上的身份，更加束缚住了那崇尚自由、渴望爱情的心，他在一首诗中反映了这种内心的挣扎与彷徨——

我观修行喇嘛的脸，不能在心中显现；
没观情人的容颜，却在心中明朗地映见。

我到喇嘛跟前，请求把心路指点。

无奈心儿难收，跑到情人那边。

　　在漫长的行程中，却远没有一盏明灯能够在苍茫的天地间，如灯塔一般照亮去路。爱情是一场宿世相逢的毒，对于仓央嘉措来说，自从初恋情人玛吉阿米另嫁之后，他心中那份火热的情已然压抑了太久，越是曾被那样紧紧束缚，便越是爆发得浓烈且义无反顾。

　　浮生一瞬，我们都是那样渺小，小得仿佛一粒尘埃，一只小虫。但即使是生命短暂的飞蛾，亦有付出一切，也要扑向火光，燃烧一刻的执着，更何况本就浸染七情六欲的凡人？就算疲惫不堪，就算尝尽悲欢，就算褪去热烈之后，就只剩流水落花，繁华散场，又怎能因总会到来的飘零，便不去绽放？

　　森严的环境中，仓央嘉措同卓玛的交往是十分困难的。他在诗中写道："聪明的看门狗儿，莫要说我行踪，别说我薄暮出外，别说我黎明才归"，"入夜去会情人，破晓大雪纷飞。足迹印到雪上，哪有秘密可保"。

　　他们在这种担忧中秘密约会着，虽然艰辛，可谁也无法放弃这美好的爱情。那辉煌的布达拉宫和仓央嘉措至高无上的尊贵身份，使得两人似乎都明白，这段情看不到终点。因此他们更加珍惜每一次相守，他们紧紧相依，在雪花飘飞的寒冷中用不多的余温，温暖着彼此。既然幸福的脚步匆匆，唯有将每一刻都握在手中。

　　但每个人都有着自己要前行的道路，我们无力反抗，抑或停留，只能依照时光的脚步，推波向前，而那每一道起伏，都是喜乐化作的门槛，度不过，便成了劫。时光荏苒，仓央嘉措到了该授比丘戒的时候。比丘戒也称大戒，即受戒者须具出家之相，剃除须发，披着袈裟，已受沙弥戒，受戒后必须严守二百五十三条戒律，于一切境界中精勤修持，择善离恶。

若比丘，嗔恨不喜故。

这也就意味着，他要放弃红尘情爱的一切，将自己的心虔诚地交给佛祖。但对于仓央嘉措来说，这又是何其痛苦。尽管早知会有这样一天，但要就此与心爱的姑娘诀别，他做不到。他竟悲愤地想要自杀，为爱情的自由，凡人可以逃亡，只有他，无处躲，亦无处逃。

他将所有惆怅给予了诗句——

接受了她的爱，

我却牺牲了佛缘。

若毅然入山修行，

又违背了她的心愿。

据说，那一天，仓央嘉措手捧僧袍，虔诚而不屈地跪在日光大殿前，向里面为他授戒的五世班禅磕了三个头，说："违背上师之命，实在惭愧。"然后站起身，决然离去。他拒受比丘戒，还请求五世班禅收回此前所授的出家戒和沙弥戒，不然他"就死在扎什伦布寺前"。这就是在沉重的宿命之下，他所能做出最大的选择的反抗。

五世班禅的传记里描绘道："休说他受比丘戒，就连原先受的出家戒也无法阻挡地抛弃了。最后，以我为首的众人皆请求其不要换穿俗人服装，以近事男戒而受比丘戒，在转法轮。但是，终无效应，只得将经过情形详细呈报第悉。仓央嘉措在扎什伦布寺居 17 日后返回拉萨。"

那辉煌的宫殿，便是一座千年的时光与赞誉堆砌成的牢笼，画地为牢，心已成殇。遥想那长坐于殿中的青年，他是被佛选中的人，但更是在凡俗中被烟火浸染了十五年之人。如若从一开始，他便被送入这写满清冷的宫殿，是否也就习惯了孤单，不会感到彷徨？是否也就不曾邂逅情爱，不懂那筵席散场后刻骨的神伤？

行遍红尘陌上，看过万千风景，不过为寻一个皈依。只是这终点太近却又太远。有人倾尽一生，就算到了生命终结都无法找到。那么最初的那一点祈愿，又将何处安放？投递天涯，还是交付给来生，轮回着下一段等待？

（二）痴恋成殇

不知从何时起，我学会收起了曾经的青春张扬、争强好胜，在年岁随着时光起落而日渐增长中，年少时那些狂狷，便也在不经意间消融了。世间每日有那许多身不由己，聚散离别，而我只是这千万人中，未曾被岁月刀锋，狠狠无情伤害的幸运儿。哪有那千般抱怨，万种愤慨？流转于尘世之中，看着不断上演的重复故事，早已变得心性淡然，在饮尽风霜之后，从喧嚣之中寻求最为宁静的归属。

真的是今生存有善果，来世便可扭转那无果的爱，带着宿世的记忆，去续写那一段未曾圆满的尘缘吗？我看未必如此。总有些错过的年华，一去不回，任它再去努力追寻，却也了无痕迹。就像是踏着芳菲，去赏春日之花，夏日之水，但尽管姹紫嫣红，芬芳天涯，却已然不再是去年的那一朵；尽管溪水潺潺，叮咚悦耳，却也不再是曾经浸透过鞋子的那一片水花。

每每读到崔护诗中云：去年今日此门中，人面桃花相映红。人面不知何处去，桃花依旧笑春风。就衍生出这种物是人非，际遇可遇而不可求的感慨来。我们总有太多东西不能背弃，那也就注定会失去一些生命中的美好。

布达拉宫，这座当初为迎接文成公主而落成的宫殿，宏伟华丽、金碧辉煌，在雪域之巅已然伫立了千年。它是那样神圣，写满红尘中倾尽一生也无法完全参透的禅意；它又是那样慈悲，在十几个世纪的光阴里，始终静静俯视着众生，用它宁静的光环，抚平朝圣人心底的迷茫。但它却唯独不能解，仓央嘉措这一世的情劫。

在那高高的布达拉宫里，在那曾经撰写下松赞干布对文成公主深情厚意的布达拉宫里，有一座仓央嘉措的塑像。尽管雕塑得那样栩栩如生，年轻而清俊，透出文质彬彬的风采，但他眼底的那一抹浓重的忧郁，却是掩也掩不住。他不愿接受那深深将他禁锢住的命运。据说，当专权者发现他常常偷开后门跑到拉萨城与情人幽会时，劝其抑制凡心，爱河里的仓央嘉措便拿出刀子绳子以死相胁。

暂不论这一举动真实与否，但我们都知道，他的身份并不是仓央嘉措本意。命运赋予了他才情，赋予了他至高无上、万人敬仰的地位，但独独没给他选择的权利。但仓央嘉措的心意，却又如此坚定如磐石，他宁愿抛弃所有，甚至连性命都可以不要，只为换得能与心爱的女子一刻厮守，绝不回头。

只是，仓央嘉措的决绝，并没换来一个天长地久。不久之后，龙王潭的欢声笑语中，渐渐不见了达娃卓玛的身影，几次写信给卓玛，也都如石沉大海，没得到丝毫回应。仓央嘉措耐不住相思，溜出宫殿来到卓玛家，迎接他的却是门上一把冰冷的铁锁。邻居告诉他，达娃卓玛被她父母带回琼结好多天了。仓央嘉措失魂落魄，不知道自己怎样返回禅房的，他怀想着卓玛的模样，写下了这一首诗歌——

> 请不要再说琼结琼结，
>
> 它让我想起达娃卓玛，
>
> 达娃卓玛，我心中的恋人，
>
> 难忘你仙女般的姿容，
>
> 更难忘你迷人心魄的眼睛。

在传闻记载中，仓央嘉措终究没能和卓玛在一起的一个重要原因，是来自卓玛父母的强烈反对。他们将卓玛关起来，不再允许她外出，切断她和他的关联，甚至为卓玛安排好了婚事，让她远嫁他方。平心而论，我想，这也不能完全责怪卓玛的父母，如果能够选择，谁愿意违背女儿的意愿，看着她黯然心碎？只是，那人的身份太为特殊，他们知道，他终究不是能够给予女儿幸福的一盏明灯，也许还会为卓玛带来伤害，所以他们用了这最为极端的方式。

此时的卓玛，反抗过、伤心过，但都无济于事，她只能每晚遥望着那座宫殿的方向，思念着自己那最美的情郎。但闻听仓央嘉措为两人的爱情，所做的一切时，卓玛心中却是疼痛大过了欣喜。她为他的痴情与付出而感动，但同时她也明白，他承受着怎样的非议。即使仓央嘉措放弃一切来到自己身边，也不能避开世俗的指责和那些沉重的目光，所以，她做出了一个痛苦的决定，在仓央嘉措到来之前，就另嫁了他人。有时，背离亦是一种无言的爱。

曾虑多情损梵行，入山又恐别倾城。

世间安得双全法，不负如来不负卿。

当写下这样的诗句时，尽管心中怀着向佛的慈悲，但仓央嘉措还是选择了离开那座宫殿，抛却所有，义无反顾地去找寻心爱的卓玛，可最终两人仍是失之交臂。他选择了弃佛成全爱，但深爱着仓央嘉措的卓玛，却不能也不忍让他背负着这样不敬的罪名。她选择放弃爱，而成全了佛的慈悲。

忘了吧，那曾期许的地老天荒；忘了吧，那曾承诺的此情不渝；忘了吧，飘散在风中的誓言，已然不能再兑现。毕竟没有双全之法，仓央嘉措的这段情，尽管倾尽所有，也只能成为昨日一场太过深刻与真实的梦。他是真的爱过，也真的痛过，但这幸福恰如昙花一现即逝，永远淹没在了这偌大而广袤的天地之中。

在这跌宕起伏的爱情传说中，不知虚传的成分有多少。但我仍愿去相信卓玛是深爱仓央嘉措的，相信卓玛变成已嫁娇娘时心里想的，便是成全爱人的千世佛缘。相信她那比桃花凋谢得更快的爱情，是一片片收入心底，幻化成泥，永生永世匍匐在布达拉宫脚下。坚信世间曾有如此美好的爱情，即使那只是曾经。

现实有太多的无奈，给自己一些幻想，即使是一厢情愿，是否也聊以安慰？有时我们所追求的，不过是一个美好如童话的祈愿而已。在那本该柔软多情的光阴里，不去管明朝还有狂风暴雨，只把今日这杯宁静的茶，品出苍生度化得淡泊滋味。

（三）不如不见

那些地老天荒的承诺，原来有些时候，只是自己对自己撒下的谎，并不是所有两情相悦，都能结出累累硕果；并不是所有含苞，都能绽放夺目的花朵；并不是每一个冬去，都能迎接到下一个春来。人生朝露，虚虚实实，总难以到达我们所企及的圆满。

那些忽然的偶遇，终究化作了云散的过往，而我，始终站在这里，眺望在红尘渡口，守候着那些曾经的回忆，不忍惊动，不愿离去。人之一生，也许都曾有个怯懦的角落，害怕所拥有不多的珍贵记忆，散落在如风的岁月山河之中，不见痕迹，让那最深的灵魂，失去了安放的宅院。

爱情之花凋谢之后，仓央嘉措也被禁足了许久，直到能离开那座宫殿，他如以前一样，戴上假发，乔装走上了夜晚的街道，在黑夜掩映的风景变化中，孑然独行，不知不觉，竟又来到与卓玛经常相约的小酒馆。触景伤情，不觉眼底微热。

在门外徘徊许久，他还是忍不住走了进去。夜晚的酒馆内，灯光依旧昏黄，如萤火般明灭闪动，景物一如当初，只是那曾促膝谈心的少女，已然嫁做人妇，而且新郎还不是他。时光一去不回，那段痴恋情怀，却在此戛然而止。原来心底的伤痛从不曾散去，没有了最爱那个女子的陪伴，再醇厚的酒都品不出一丝滋味来。似乎从来那醉人的不是酒，而是剪落在人生中的美好片段。

　　他找了个地方坐下，举杯饮酒，似乎在追忆那久远的情事，恍然不知身在何处。那清亮的乐曲，在耳边缓缓流淌，他眯起眼，透过眼前这杯甘醇的酒，仿佛看透了前世今生。忽而，喉咙有些哽咽，有种呼之欲出的东西，令他想要放声歌唱。而他也确实这样做了——

　　　　如果今生未曾相见，我们就不会心生爱恋。

　　　　如果今生未曾相知，我们就不会彼此相思。

　　　　如果今生未曾相伴，我们就不会彼此相欠。

　　　　如果今生未曾相爱，我们就不会彼此抛弃。

　　　　如果今生未曾相对，我们就不会彼此相逢。

　　　　如果今生未曾相误，我们就不会彼此相负。

　　　　如果今生未曾相许，我们就不会继续此缘。

　　　　如果今生未曾相依，我们就不会彼此眷恋。

　　　　如果今生未曾相遇，我们就不会再次相聚。

　　　　可我们偏偏相见相识，造就了今世的情缘。

　　怎样才能斩断这缠绵的缘分，才不至于受这生死爱恋的苦缠？

　　爱人离开后，生活总还要继续。仓央嘉措本是那有佛缘的人，却也不能将这红尘情爱看得透彻。所以，他越发用心修行，既挣不脱，不如在参悟佛法中得到精神上的超脱。他用了五年时间去诵读学习佛经，以求清心明智，忘记苦忧。只是，总有种热烈的血液，在他身体里奔腾，似乎想要努力找到个宣泄的出口。

其实，品味了太多红尘喧嚣，我们总渴望能有个宁静的生命。我便时常想，丢下一切纷扰，背起行囊，找个朴素典雅的江南小镇，临水而居，以文字为生，或是到那神秘的雪域高原，一窥那片充满神秘的土地。但是，这毕竟是因人而异的想法，反其道思索，若是独自一人，每天面对清冷孤单，日复一日地只能与佛经为伴，若非真能断了所有尘缘，心似菩提明镜，纤尘不染，也无法坦然面对吧。

就像秋叶无法看到春花繁盛之貌，春日也不能理解秋叶凋零之美，万事万物，因为本来的面貌不同，自然也就衍生出不一样的心境。因此，我们谁也没有权利去以自己之心片面评判一个人的是非对错。

随着电视剧《步步惊心》的热播，那一首低吟浅唱、哀怨婉转的《十诫诗》便传遍了大江南北。2006 年发表的《步步惊心》，结尾便是引自仓央嘉措的两句诗句：第一最好是不相见，如此便可不至相恋。第二最好是不相知，如此便可不用相思。只是这两句原文是藏语，并没有诗名，这是于道泉的翻译。其后，《步步惊心》的读者皎月清风续了第三和第四；另一读者白衣悠蓝在评文中加续，添加了第五到第十，反响热烈，变作了如今痴恋者皆知的深情演绎版本——

第一最好不相见，如此便可不相恋。

第二最好不相知，如此便可不相思。

第三最好不相伴，如此便可不相欠。

第四最好不相惜，如此便可不相忆。

第五最好不相爱，如此便可不相弃。

第六最好不相对，如此便可不相会。

第七最好不相误，如此便可不相负。

第八最好不相许，如此便可不相续。

第九最好不相依，如此便可不相偎。

第十最好不相遇，如此便可不相聚。

但曾相见便相知，相见何如不见时。

安得与君相诀绝，免教生死作相思。

　　这样深情的吟唱，伴随着错身而过的红尘长情，终是感动得多少人潸然泪下，可又有多少人知道，潜藏在最初的文字之下的，是仓央嘉措那黯然神伤的心。他并不是无情无念的神佛，而毕竟仅是个有血有泪的人，只是若曦与四爷的擦肩，在于那许多执念，与时空的相隔，而仓央嘉措的悲哀，却是他没有凡人所能期望的无波流年，无法自主去握住那一抹爱情的颜色来照亮今生。

　　我们皆是赶路的众生，泪笑掺杂，悲喜交织，没有谁的欢乐可以长久，执手再紧亦将曲终人散。只有真切地哭过，绝望地累过，钻心地痛过，无言地悔过，此生方算完整。不知有多少人，相信三生三世的轮回？

我总是宁愿去深信，情缘爱恋，总有流转，一靥朱颜，为你倾世，有生之年，狭路相逢。承君一诺，梦记千年。即便踏过忘川，也会依然深深铭刻，在下一世寻到你，万千路人之中，一眼便望断了宿世之河，从此耳边再无喧嚣，踏着千帆风云，与你共赴一场尘世之约。

（四）尘缘别离

生离死别，这是世人所最不愿企及却又不得不面对的四个字，指那些再难相见的别离，与生死之隔，并无差异。其间沉重深厚的滋味，却远非流连在唇齿间所能融化。就像路途中经过那姹紫嫣红的盛宴，却只能玩赏，不可停留，终要继续向前，转过一角，行至荒凉的纵横阡陌，在最迷醉的烟火中，寻最简单的幸福之所。

然而，生离死别，终要相逢，个中滋味，冷暖自知，这有可查证的出处，为汉·无名氏《为焦仲卿妻作》诗：“生人作死别，恨恨那可论。”

这不禁让我回想起《孔雀东南飞》那感人至深的传说，孔雀东南飞，五里一徘徊，凄凄哀鸣的，不正是那痛彻心扉的爱情别离？若真只是不爱还好，至多一声嗟叹，或是一笑置之。但要是仍旧怀抱深爱时生生分离，那该是怎样一种疼痛刻骨？

提起别离诗，印象最为深刻的要数李商隐的《锦瑟》一诗——

锦瑟无端五十弦，一弦一柱思华年。

庄生晓梦迷蝴蝶，望帝春心托杜鹃。

沧海月明珠有泪，蓝田日暖玉生烟。

此情可待成追忆？只是当时已惘然。

年少时尚且读不懂其中深意，只觉清丽中却品出深深浅浅的哀愁来。这首诗里巧妙运用了四个典故，写尽生离死别，庄生晓梦迷蝴蝶，抱负成虚；望帝春心托杜鹃，理想幻灭。玲珑剔透的沧海明珠，本为稀世珍宝，如今却只是在明月映照之下成盈盈之"珠泪"，独自被遗弃在沧海；自己追求的对象，如同蓝田日暖玉生烟，可望而不可置于眉睫之前。

858 年，李商隐离开扬州，还郑州。回到郑州之后，即卒于此地，他的归乡，他的殿堂，他的最美好的当初，梦回到了原点，就不会有之后的沧桑。他的一生，也因这首诗而在最高潮处、最灿烂处结尾。

李商隐将一生嗟叹付诸诗句中，但他又是幸运的，能够在这之后回归到最初的地方，寻一隅心境的净土，将自己安放。可对于仓央嘉措来说，他那些失去的爱情，在今生中相似地轮回反复，却都只是因那高高在上的身份。世人都只看到他的荣耀，却没察觉他那隐在心里的泪水，这万般光芒，他却只想舍弃，然而，他连这个权利也是没有。

他坐在佛前，望着佛那仿佛永远慈悲的面容，不止一次问佛，为何偏是自己？既然佛能度众生，为什么偏不能给他一段微小的幸福？他从来觉得所要的并不多，只是能够随心所欲，成为那天空展翅翱翔的鸟儿，然而，他却没有半点自由。

　　佛曰：执着如渊，是渐入死亡的沿线。

　　佛曰：执着如尘，是徒劳的无功而返。

　　佛曰：执着如泪，是滴入心中的破碎，破碎而飞散。

　　佛曰：不要再求五百年，入我空门，早已超脱涅（槃）。我再拜无言，飘落，坠入地狱无间。

　　佛曰：缘为冰，我将冰拥在怀中；冰化了，我才发现缘没了。

　　佛曰：一切皆为虚幻。

　　仓央嘉措这时所写下的诗歌中，很多都用了"虚幻"一词，这种镜花水月，并非看开了，而是经历了无数次无力挣扎的坎坷心伤以后，当他发现，无论怎样做都不能挣脱那紧紧束缚的枷锁，他内心那深深的绝望。世间种种缘，却没有一桩属于自己，他似乎生来就是个孤单之人，只能让心底最后一丝希冀，随着冰雪消融。

　　尘缘如烟，终是一点执念，所谓归途，却永远在遥不可及的彼端。虽然刻骨爱到地老天荒，也未必能得到一个完满的结局，但那朵情花，还未来得及绽放，便在尘世之霜中凋零，却无奈得令人痛心。

　　那许多没有续集的相逢，永远像一叶孤舟，飘摇在苍茫浮生中，浮浮沉沉，勾勒出了孤单寂寥的影子。我们相信世事，却又不断被流觞所辜负，信与不信，不过在一念间，写尽了缘起缘灭，回首间才发觉，尘缘百年，一瞬而已。于是，我们开始捕捉回忆，即便刹那，也好过从未曾拥有。

> 我信缘，不信佛。缘信佛，不信我。
>
> 佛曰：缘来天注定，缘去人自夺。种如是因，收如是果，一切唯心造。
>
> 笑着面对，不去埋怨。悠然，随心，随性，随缘。
>
> 注定让一生改变的，只在百年后，那一朵花开的时间。
>
> 佛曰：刹那便是永恒。

仓央嘉措写下这样的诗句，来诠释缘，只可惜，他并不如自己所期的那般洒脱无念，否则，便不会留下个悲剧令人唏嘘。

当我们寻寻觅觅，终于遇到那能够带来幸福的爱人，却明日不知所踪，摇摆着无法把握。佛说：缘来缘散，原来如云烟。既然有情在心间，就快乐地享受这五百年前修炼的果实，不要询问是劫是缘，看过万事变迁，浮生也该释然。

果真能得失一笑，在错身时化作一句"随缘"，便能各自西东，将从前种种都抛却在风中吗？当一段情，从沉睡到苏醒，再到蛰伏于流年中最深的角落，这看似短暂的过程，却要耗去太多澎湃的心绪和起伏的情感。将一份情，爱到了尘埃；将一个人，爱到了灵魂，这样的情一生也许就相逢一次，却长过了今生。

常在锦瑟的红尘中，寻那最简单却又真实的尘缘。是烟波浩渺的蒙蒙湖畔，油纸伞下，那一回眸的错身？还是雪域佛光下仰首那一瞬的凝望？抑或是，望断苍茫里，喧嚣的人海中，万千身影的寻觅？是缘，便终会相遇，但缘尽，也必然离散。这一点没有文字的记录，却是谁也逃不开，躲不掉的规律。

仓央嘉措的逃离，似乎永远属于黑夜，在天亮时，沉睡的布达拉宫慢慢苏醒，仆役僧人们开始走动，施在他身上的魔法，也预示着终结。他只能返回那空荡荡的佛殿，广袤却又清冷，度坐在窗前，看一朵朵浮云，自手指间流淌而过，而后，又消散在茫茫碧空之中，全无痕迹。但那些如影相随的愁索，却从不曾离去。

在这短促的今生，

有你的爱我已无憾无求。

不知在遥远的来世，

你能否记起我今日的容貌。

（五）尘世伏笔

就在仓央嘉措沉浸在经文和情诗中，祭奠与怀念着他那随风而逝的爱情时，外面的世界早已不再是青灯古佛，宁静慈悲。虽然在仓央嘉措心中，就剩下这一方属于自己的天地，然而，谁又真能在这纷扰的红尘中独善其身？我们都只是前尘往事中太过匆忙的过客，甚至许多世间美好都来不及捕捉，来不及思念。

若总要向着一条注定的道路行走，前方连那已然铺就的脚窝，都能看得一清二楚，你是否仍旧会一往无前？有时，并非勇气可嘉，而是别无选择，毫无退路。每踏出的那一步，都盛满余生宿命，缓缓走向流云的归途。

而此时雪域高原上的政治争夺，并没有因为仓央嘉措的伤怀而停止，反而越演越烈起来，终为他短暂的人生行途埋上了悲剧的种子。拉藏汗利用仓央嘉措与桑结嘉措之间的矛盾，制造越来越多的麻烦。

1703 年的藏历新年，传大召法会期间，拉藏汗抓住第巴桑结嘉措的几个亲信并加以杀害，桑结嘉措立即纠集自己的兵力迫使拉藏汗退出拉萨。拉藏汗退到藏北以后，整顿了达木蒙古八旗兵丁进攻拉萨，马上爆发了一场可怕的军事冲突。似乎历来的纷争都避免不了血泪铸成，就算是雪域上这一片净土，也无法幸免。

不仅如此，还在参加传召大会时贸然挑起争端，使得会众信徒们受到了惊扰，演变成不可收拾的局面。于是，由三大寺的代表，特别由嘉木样协巴（他是拉藏汗的经师）出面调解。双方停火，达成协议。

形势对拉藏汗是有利的，胁迫桑结嘉措退了位，由他的儿子阿旺仁钦接充，与拉藏汗共同掌管西藏政事。实际上，阿旺仁钦的背后还是桑结嘉措做主。这样的结局，显然并不能让拉藏汗满意，人们对于权势的野心似乎永无边际。

尽管世人对于桑结嘉措的评论褒贬不一，但我却觉得，桑结嘉措当得起那辉煌的宫殿中气势如虹的策略者，是一只真正曾翱翔于这广阔天地的雄鹰。他是个才华卓越，但运气不济的政治家。桑结嘉措与仓央嘉措，两人都曾被诩为少年才子，只不过一个是浪漫情种，另一位是博学之士。

桑结嘉措的生父名叫阿苏，生母名叫布赤甲茂，还有一位声名显赫的叔叔，那就是第二任第巴——仲麦巴陈列嘉措。所以，桑结嘉措自小在叔叔的教育下，得到很好的教养和熏陶。当然，在秘史传说中，也有说桑结嘉措是五世达赖的私生子。

我想关于桑结嘉措的身世，在此并不需太过深究，只需知道，是他将仓央嘉措推到了所有人面前，一损俱损，一荣俱荣。也是他在五世达赖死后，与各种外力争斗，稳固住了一方安宁几十载。相比于仓央嘉措，他的故事似乎缺乏了许多传奇。然而，谁又能对他过于苛责？

对于桑结嘉措来说，他自然是眷恋权势的，但又有谁真正想过，是那时的历史风云将桑结嘉措推到了那个位置。他有着从政的敏锐，同样也是造诣不凡的学者，他编撰、整理了大量的历史、天文历法和医学著作，为藏族文化发展做出了杰出的贡献。

如果是在一个和平时期，相信他所能做的更多，但当时的事实却是四面临敌，不但要跟清朝皇帝斡旋，更重要的是还得对付蒙古汗王的虎视眈眈。在那处处充满禅意的慈悲，却不崇尚武力的高原上，少数僧兵不足以抵御强敌，所以在一切的斗争中，他都需要通过智慧而不是武力来争取胜利。但桑结嘉措还是顽强地支撑着，维护着自己心中那不灭的信仰。

而桑结嘉措尽心竭力推到大家面前的转世灵童仓央嘉措，却远没有达到他的预期。也许当时年少的仓央嘉措，心底还有些许一展长才，为众生而谋福祉的理想抱负，却也在一次又一次失意中随风消散了。尤其是桑结嘉措的压制，使得仓央嘉措更是看不到希望，于是，日渐懒散消沉了下去，唯愿沉醉在情歌吟唱的美丽爱情中，不复苏醒。

　　至诚皈命喇嘛前，大道明明为我宣。
　　无奈此心狂未歇，归来仍到那人边。

122

无论在佛前怎样修行，都不能摒弃那颗被红尘情爱浸染的心，它是如此在胸膛跳动，即便是山顶上的皑皑白雪，也不能覆盖。他只有一颗凡人的心，渴望着柔软与幸福的爱恋。在那如他出生的小村子一般的山野之间，闲云野鹤、淡看浮生。也许会有贫穷相随，或是在困苦中勉强度日，但那里月朗风清，那里没有无尽的纷扰和争斗，那里会有个等待着他的姑娘，他们日出而作、日落而息，度过简约的余生，如此安静，便是最好的时光。

只是这种愿望，对于寻常人来说太过渺小，对于仓央嘉措，却是太过奢侈。他毕竟不是凡人，而是被佛选中的那一株莲花，注定一生都被命运所摆布，虽浸染着佛殿前袅袅香烛，却生根于此，无法遵从自己的方式去行走。

不观生灭与无常，

但逐轮回向死亡。

绝顶聪明矜世智，

叹他于此总茫茫。

在生死的轮回中，究竟充满了多少无常？这恐怕连佛都难以辨得分明。但佛告诉我们，每一次聚散，每一道坎坷，都是今生修行中的考验，唯有参透个中真意，才可到达无妄无求的彼端。

有时会想，是否真的每个人，都追求佛的空灵开阔之境？其实无论修佛与否，都在于心。若已将心交付给明镜，是不是那身躯便只是岁月的壳，就算落满了俗世中的尘埃，在百年之后仍可洗尽铅华，还原最初的自己？于是，再睿智的智者，也有迷途之时，那都是为了能够更加了悟万事种种，皆有因果。

（六）无处安身

很多尘事，便如那轻轻遮掩的天地，虽感浩渺，但时常窥不清真容，可只要帘幕中悄然掀开了一角，尘烟便席卷扑面而来，不可收拾，直到湮灭这现世安稳，山河沉寂，化作滚滚东流水，带走所有因果相连。浮生如此，历史如是。

踏着时光的长河逆流而上，追寻一些文字中熟悉的影子，我们会看到许多的因果，一步接着一步，看似巧合，却是早有定数。就好像南飞的燕子有北归时，花落总有重开日，宁静之后，流连乱世，也总要走到最后。

仓央嘉措成长的时代，恰逢是雪域最动荡时期，可在他20岁那年，却穿起了俗人衣服，放弃了戒行。没过多久，拉藏汗更是利用了仓央嘉措与桑结嘉措之间的矛盾，制造出了桑结嘉措企图陷害他这一事件。

时年公元1705年1月，藏历为木鸡年，在拉萨组织了异常严肃的会议。仓央嘉措、吉雪第巴、拉木降神人、色拉、哲蚌二寺堪布、政府各要员、班禅大师的代表、蒙古诸施主等都到场，积极讨论如何解决矛盾，稳住此时动荡的局势。会议最后决议，桑结嘉措辞去地方政府的职务，将贡嘎宗拨给他作为食邑；拉藏汗保留"地方政府蒙古王"的称号，返回青海驻牧。虽然这样的结果看似公平，可实际上远远没有达到二人的目的。当然，他们二人显然没有打算执行这次会议的决定。

会议结束后，拉藏汗一路缓行，到达那曲之后，在当地集结了藏北各地的蒙古军队，借口桑结嘉措未遵守决议，依然干预政府事务，俨然做好了战争准备。

这年五月，拉藏汗在当雄将军队兵分两路，一队由自己亲自率领，而另一队则是由妻次仁扎西及部分军官率领，两队呈现了包围局面。战事紧张，仿佛一触即发。色拉、哲蚌二寺的上师、密宗院的轨范师以及班禅大师的代表等人闻讯后，急忙先后赶去劝阻，请求拉藏汗罢兵。但却遭到了拒绝。

而就在外面的战争已经一触即发时，仓央嘉措仍是那个独立于一切之外，坐在布达拉宫中，在一篇篇诗歌里把自己情怀寄托的吟唱者。布达拉宫，始建于 7 世纪吐蕃王朝松赞干布时期。当时称红山宫，整个宫堡规模非常宏大，外有三道城墙，内有千座宫室，这样的宫殿，该是一种怎样的辉煌。

五世达赖喇嘛圆寂后，桑结嘉措于 1690 年至 1694 年主持修建了以五世达赖喇嘛灵塔殿为主的红宫配套建筑群，在红宫修建时，除了本地工匠，清政府和尼泊尔政府也都派出匠师参与，每天的施工者多达 7700 余人，为那本就神秘而庄严的宫殿，又增添了无数光华。

红宫主体为达赖喇嘛的灵塔殿和佛殿。一世至四世达赖喇嘛的灵塔，分别安放在日喀则的扎什伦布寺和拉萨的哲蚌寺，五世至十三世达赖喇嘛等八位的灵塔，则全部安放在布达拉宫的红宫里，其中，却独独缺少了仓央嘉措。在整个布达拉宫中，唯一保留有他身影的地方，是他曾经的寝宫——德丹吉殿。

我想，那时的仓央嘉措不会知道，这座他从十四岁入主，到二十五岁不知所踪，曾经生活了十几年的净土，竟会有这样一天，已寻不到他的踪迹。除了踏着时光逆流而上，在这空旷的佛殿中，在庄严的佛像前，遥想起当初那个跪在此处的身影，是怀着怎样一番诗歌般的柔情与燃烧成灰烬的无奈外，这宫殿又是那样无情，除了政治与权势外，再容不下这个诗一般的弟子。

想来，我们行遍一生，或是轰轰烈烈，或是平凡无奇，都总会归于尘土一捧，但那些来过的痕迹，却不会就此抹去。就好像拾起那春日凋零的花瓣，我们似乎依旧能够嗅到些许春天的微醺；踏过未及扫尽的黄叶，即使秋日已过，亦能证明秋日来过的气息。那么在化身泥土后，我还会留下什么？是一段没有来得及收场的相逢？抑或故人偶尔望着那相似的风景，心中萦绕起的一抹思念？无论是哪一种，都有着抹不去的过往和令人眷恋的情怀。

关于布达拉宫，还有个美丽却也深深令人慨叹的爱情传说。几年前，有位陌生的老人在街头告诉一位男人，你前世没有修足情道，落不了俗，你的根必将落入布达拉宫，再次修行才能得到真爱，他不相信。他终于遇见了他的她，却真的如那位老人说的，他上心了，她却不在意，他努力了，她还是不上心。他信了，去了西藏。她后悔了，追着他去西藏，他却已落发遁佛。她便在布达拉宫匍匐做祷告，一步一跪膝，三步一叩头，叩得满头满脸是鲜血，跟盛开的玫瑰花一样灿烂。他终被感动，跟随她回了尘世间。

她与他总还是幸运的，在今生并未错过了彼此，虽有坎途，但那份守候了五百年的缘分，终于开出了娇艳的花朵。但有多少爱情，能在流转千遍以后，得到个地老天荒的圆满？有些时候，即使百年修行，也不过换来回眸一望，然后镜花水月，终是成空。惜取眼前人，珍惜每一次相逢，每一段尘缘，每一个愿意付出的真心，切莫等岁月催生了华发，缘分凋零成殇，才去悔不当初。并非所有错过，都能挽回。时光之河，一旦流过，便只能与那刻骨铭心的长情擦肩。

含情私询意中人，莫要空门证法身。
卿果出家吾亦逝，入山和汝断红尘。

仓央嘉措对爱的决绝渴求，已让他化身为一只扑向火焰的飞蛾，即使燃烧殆尽，粉身碎骨，也阻止不了身体里那奔腾的血液。但他又如飞不过沧海的蝴蝶，只是在这宫殿里永久地守望，外面天大地大，却没有他和他的爱情容身之所。也许，这便是他的宿命。

局势越来越乱，各种矛盾逐渐从计划变为尖锐。虽然此时仓央嘉措并不知晓自己已经被牵连其中，为他后来悲剧性的命运埋下了重大伏笔。

卷五 江南烟雨忆前尘

容若在并不漫长的人生里，历尽了太多相聚离别，正是这种离散，像是毒药深植在了他的内心，"一别如斯，落尽梨花月又西"，花落花开，几度秋凉，才散尽了这一代翩翩公子的生命之火。

世间万种相逢，想来都是一段微妙的缘分。容若与仓央嘉措的一生，都因流年，更因情事而为人所津津乐道。巧的是，能细数得出的却都有三段情。或许是历史造就了这种巧合，或许是上苍安排下了这种相似。一个清风朗月的才子太过寂寞，但若太多，又难显露珍贵。

正因为爱过，正因为深刻过，正因为懂得过，所以，他们的灵魂，他们的文字，才会那样接近。能够读懂其中割舍不断深情缠绵的人，不知是否也如他们一般，曾有过忘不掉的刻骨铭心，才会从中品味出关于浮世，关于爱情的韵致。

（一） 梦中烟雨

　　每每想到江南，便是依稀记忆里那烟波浩渺的湖上，石桥油纸伞那一段守候了千年的相逢。他书生意气，斯文俊朗；她一袭白衣，洗尽铅华。那曾吟唱着十年修得同船渡，百年修得共枕眠的千古爱恋传说，也随着岁月的跌宕起伏，被时光之手轻轻扬起，又无声抛却在漫漫流光之中了。

　　原来，我们内心都如此渴望着这片如三月春光，明媚却又并不耀眼的柔和天地，都希望静好绵长，岁月宁静。只是，风云变幻太过汹涌，常将这渺小的愿望，湮灭得遍寻不到痕迹，忘记那曾拥有过的梦想，在周而复始的日子中，渐渐麻木。人生，总是这样的措手不及。

　　容若虽然身在京城，但他对江南的向往，从不曾掩饰。而他似乎也有种骨子里透出的柔情，好像湖水边，抽出枝丫，随风飘动的柳枝，或是那场打湿了青石路的蒙蒙细雨，晕染了江南的烟雨楼台。这一点，在他的诗词中，很多地方都有迹可循——

　　　　知君此际情萧索，黄芦苦竹孤舟泊。烟白酒旗青，水村鱼市晴。

　　柁楼今夕梦，脉脉春寒送。直过画眉桥，钱塘
江上潮。

　　容若这一首《菩萨蛮·寄梁汾苕中》，上阕设想梁汾此刻正于归
途中，心情萧索，犹如当年被贬的白居易。但途中停泊处却是水村
鱼市，烟白旗青，一派平静安详的景象。下阕进一步想象夜间他在
舟中孤寂的情景。而最后二句却翻起新意，转为慰藉，以"直过画
眉桥，钱塘江上潮"的谐语出之。其中既有风趣的宽解，又不无对
梁汾的同情与对其所遇的不平以及无可奈何的隐怨。

　　顾贞观，号梁汾，容若喜爱汉族文化，众人皆知，若说这顾贞观，
便是容若最为重视的好友之一。顾贞观也是清初著名的诗人，他一
生郁郁不得志，早年担任秘书省典籍，因受人轻视排挤，愤而离职。
李渔在《赠顾梁汾典籍》一诗中说："镊髭未肯弃长安，羡尔芳容忽
解官；名重自应离重任，才高那得至高官。"这表明，顾贞观的离任
实在是不得已的。容若在词里说"蛾眉谣琢，古今同忌"，正是有所
为而发。

　　顾贞观是在四十岁时，才与容若结识的，他说："岁丙午，容若
二十有二，乃一见即恨识余之晚。"这对于顾贞观来说，并不是第一
次到京城，但他却在这次结识了容若，两人相见恨晚，成为忘年之交。

　　两人因吴兆骞一案相识，虽然顾贞观比容若大了十八岁，虽然
顾贞观只是一个流落江湖的汉族文人，无权无势、身份低微，而身

为相门公子的容若，却集荣华富贵于一身，父亲更是权倾朝野的一代名相，但这些都并未影响两人的交往。

顾贞观也是个漂泊的性情，也许正因为与容若骨子里有相似之处，两人才能成为可以交心的朋友。但容若却不似顾贞观的闲云野鹤，他有太多的原因不能行遍天涯。所以，他渴望将顾贞观留在京城，就在明珠相府中开辟出一块地，专门盖了几间茅草房，邀请顾贞观来长期居住。容若还专门写了词来邀请——

> 问我何心，却构此，三楹茅屋。可学得，海鸥无事，闲飞闲宿？百感都随流水去，一身还被浮名束。误东风，迟日杏花天，红牙曲。尘土梦，蕉中鹿。翻覆手，看棋局。且耽闲滞酒，消他薄福。雪后谁遮檐角翠，雨余好种墙阴绿。有些些欲说向寒宵，西窗烛。

李商隐也曾有诗云："何当共剪西窗烛，却话巴山夜雨时。"烛影摇曳，雨打窗棂，在这充满纷扰的尘世中，总会有安静的一隅，能够停放那最纯粹的友情。得遇知音，好像伯牙子期高山流水般的情谊，像是一舟以渡浮生，总能在山穷水尽处流转出容颜更改的模样。三两知己一起把酒言欢，醉倒花前，就算荒唐一场，又何惧落花飞雨、严寒风霜？

容若《金缕曲·赠梁汾》曰："德也狂生耳。偶然间、缁尘京国，乌衣门第。有酒惟浇赵州土，谁会成生此意？不信道，竟成知己。青眼高歌俱未老，向尊前、拭尽英雄泪。君不见，月如水。共君此夜须沉醉。且由他，蛾眉谣诼，古今同忌。身世悠悠何足问，冷笑置之而已。寻思起，从头翻悔。一日心期千劫在，后身缘，恐结他生里。然诺重，君须记。"此乃容若初识顾梁汾时酬赠之作。

一生一世的朋友还不够，还要在来生里继续结交下去，这样的友谊诚是太浓，这样的友情诚是太重。性笃于情的容若，就这样把文士的风雅融进生命，将知己的朋友化入肺腑。难得的是，顾贞观也是一位侠肝义胆，能为朋友付诸一切的性情中人。对于容若，顾贞观曾评论说，"呜呼吾哥！其敬我也不啻如兄，其爱我也不啻如弟"。

容若重情，他更是个内心柔软而多情的人，爱情是他身上永远的一道伤，令他耗尽生命，友情却为他带来一缕清风，成为他看似风光，实则并不如意的流年中一曲悠扬的篇章。因此，容若是重友情的，他喜欢和朋友以"吾哥"相称，亲切得实在令人心热。他将所有不能诉尽的风骨，不能完满的志向，都悉数展现在交友中，只观其友，便可见其人。

悠悠浮生，不问因果，许多人都在尘梦一场中不断寻找知己。然而，知音难求，能够认真交付诚挚之心的情谊，春风化雨的友人，便是相遇，并肩走上一段，也是人生一大幸事，即便渺小，亦令人感动。这一点，与爱情并无差别。

梦再美好，也终归是梦，生活似个不羁的旅人，我们流连在尘世，总沾染了满身疲惫，每一个人都有心底的暗伤，每一个故事都未必圆满，大家都习惯地隐藏在面具之后，行走天涯。但在平凡流转的日子里，总会怀着一份希冀，临水窗边，一张圆桌，两把黄藤椅子，几盏清茶，与志同道合之人，谈山长水远，虚虚实实，即使不着边际，也能在相对一笑中了悟了这份契合。

（二）红颜何依

　　与一个人、一段爱情的邂逅，更多时候是种神奇的缘分，但通常，恰如天边浮云，看得到却无法掌握。我们能做的，只是在它飘过天空，偶尔停留时，驻足珍视，不追问、不奢求、不强留。世间万千风景，错过这一处，总还会有下一个开始。

　　容若一生中两个最大的知己，一是亡妻卢氏，一是顾贞观。可是，友情毕竟不能代替爱情，卢氏死后，顾贞观深谙好友的痛苦，也最了解容若的孤独与寂寞。于是，顾贞观做媒，使得容若认识了另一位女子，这便是沈宛，容若生命中另一个浓墨重彩的红颜知己。

　　提到沈宛，脑中首先浮现的便是《烟花三月》中高圆圆所饰演的沈宛，清丽中又透出坚毅，特别是那一双眼睛，灵动而深情。其实在容若身边的女子中，沈宛既算不得最为显赫，也并非陪伴最久的一个，但她留给后世的名字却是最响亮的。因为她那特殊的身份与才情，当然，还有和容若一段缠绵的痴恋。

　　清代谢章铤的《赌棋山庄词话》中，曾有这样记载："容若妇沈宛，沈宛字御蝉，浙江乌程人，著有《选梦词》。述庵词综不及选。

菩萨蛮云：'雁书蝶梦皆成杳。月户云窗人悄悄。记得画楼东。归聪系月中。醒来灯未灭。心事和谁说。只有旧罗裳。偷沾泪两行。'丰神不减夫婿，奉倩神伤，亦固其所。"这般评价，对沈宛才情赞扬不已。

关于沈宛的详细身世，我们很难从历史的只言片语中分析出个究竟。但落入风尘的女子，却总有各自的不幸，想必也是寒门出生，才会沦落红尘。若不是山穷水尽，又会有哪个女人，甘愿卖身青楼呢？江南名妓，自古多才，苏小小、柳如是、卞玉京……在那一串串写满传奇的红颜名字下，隐在心中的泪水，又有谁知？她们只能在日复一日中，去等待那不知是否会到来的良人，尽管这种期期所盼，大都是个悲剧的结局。

至于沈宛与容若怎样相逢，开启这后世传闻的爱情，虽说法不一，但也都是仅凭揣度。不管怎样，才子佳人的故事，总是令我们神往，就好像容若和表妹的年少爱恋，是否如实存在过，全凭个人思量，却并不影响我们去仰望曾经的美好和哀叹天涯离散的遗憾。将这一页书翻过，历史并没有留白，其中韶华岁月酿成的只言片语，就唯有各自去体会。

一往情深深几许，风尘同路长依伴。流年似水，花期如旧，踏着那渐暖的溪水，顶着那温柔的晴空，去寻访那前世里，曾经相约的良人。轻轻拨开微扬的思绪，有时擦肩，有时错过，有时离别，有时从那剪落了一地的春光里，似乎窥到缘分的影子，但当我们伸出手努力捕捉，却又从指缝间悄然滑落，飘散在风中，不再重来。如花美眷，不逾似水流年，人生若只如初见。

但沈宛在历史上，却是真实的存在。据说沈宛十八岁便著有《选梦词》，语言婉转缠绵，容若读之，颇有共鸣。容若本就对江南怀有一份特殊向往，读着沈宛的文字，他眼前便展现出一幅三秋桂子、十里荷花、遍地绮罗、盈耳丝竹的长卷，和那青衣罗裙、清秀婉约的女子，一含笑，一颦眉，便是那西湖边浣纱的西子。

沈宛的出现，点燃了容若所有对于江南的期盼，在那落花烟雨的季节，他们注定相逢。许多文字资料中考据，沈宛与容若在此之前并未见过面，而是只闻其人。卢氏亡故后，容若饱受思念追忆的煎熬，顾贞观不忍见好友痛苦若此，才介绍了沈宛给容若认识。但在不少影视剧中，在沈宛入京之前，都对两人的前情添加了一些描述，或是在容若随康熙南巡时，顾盼回眸间已然两情缱绻，或是书信往来，神交已久。

不管怎样，容若总还是容若，是那个"我本人间惆怅客"的多情公子，他对待世态炎凉看得淡薄，但对于爱情却融到了骨血之中，重于生命。沈宛也还是那个沈宛，容姿秀美，风华无双，却又温婉长情的娴静才女。只要此情刻骨铭心，又何必非要去追寻它是怎样的缘起？

有人说，写诗的人总是过于感性，感伤悲秋，一草一木中都能嗅出纤细的心境来。我却觉得，这样的人，总是内心宁静的，可从

137

凡尘之中参悟了无字的禅机。人生素来并不悲悯，何苦非要时时做得万事通透理智？那一座心桥，总要通往梦醒，便不如沉醉其中，忘一次平生，醉一场轮回，将所有纷扰烦忧寄放在天边。

　　月华如水，波纹似练，几簇淡烟衰柳。塞鸿一夜尽南飞，谁与问、倚楼人瘦。

　　韵拈风絮，录成金石，不是舞裙歌袖。从前负尽扫眉才，又担阁、镜囊重绣。（《踏莎行》）

　　都道相思无颜色，却不知相思自古最恼人。古往今来的诗词中，多有相思种种，无论是"衣带渐宽终不悔"的一往情深，抑或是"长相思兮长相忆，短相思兮无穷极"的苦楚，都是沉积在时光里抹不去的印记。

　　相思仿佛是那一纸书信，鸿雁往来，即便诉说无言，情意无字，亦难掩融于骨子里的执着坚守，即便需要耗费一生的时光，依然倾注了深情。没有多少人能够在虚度的光阴中兀自清醒，但若要在这散乱的流年里颠沛，便要承担下那些残缺不全的结局。放不下，抛不去，若相惜，总关情。

　　这便与仓央嘉措的那首改编后脍炙人口的诗句偶然相和——最好不相知，如此便可不相思。然而，世上种种相逢相知，又怎可能总如人心？有时，上天编排了一段缘分，却无法都交付给每一个人地老天荒的结局。因此，才会有这许多黯然心碎的失意人。

仓央嘉措与容若都遇到了生命中那抹浓墨重彩的红，但都只能眼睁睁看着那握不住的幸福转身而去，曾经那样的钟情，隐于阡陌之上。爱恨难解，相思难断，信手拈花，泪眼不语，飞絮点点，散落天涯，而那曾安稳的心却是再也回不去了。

（三）低眉之间

　　女人一旦用了情，便可忘却了前世今生，忘却了红尘流转，甚至忘却了自己是谁。当然，男人也是如此。情之一字，造化弄人，即便在那被粉饰得毫无风雨的乾坤下，也总是轻易就能伤人于无形。世间风景，浓淡相宜，然而沧海桑田后的皈依，却是看似短暂又最漫长的道路。

　　当顾贞观终于将沈宛带到容若面前时，容若的心被触动了。那种心弦一念，说不清、道不明，却是能如此清晰地感受到它的存在。也许是沈宛身上那不同于周围女子，江南汉女特有的温柔婉约；也许是诗词中能够引起容若共鸣，对那举案齐眉的期盼；也许是容若那颗被爱情刺得伤痕累累、疲惫不堪的心，不论如何，这一刻的相逢，仿佛江南波光潋滟的湖水，轻轻撩动了容若的心。

　　对于沈宛，更是如此。她低眉之下，却是悄悄打量着这个名满京城的翩翩公子。眼前的男子，丰神俊朗，却有着不同于关外风霜磨砺的沧桑，面容依旧温润如玉，一双墨石般的眼睛，像是凝聚了夜空中最亮的星星。在他那锦衣华服下，却掩不去山野田园般的诗书之气，好似一泓清泉，这样的男子怎能不爱？

　　尽管两心萌动，但在容若与沈宛之间，却有着一道无法逾越的鸿沟，那便是改变不了的出身。若说以此为凭，并不公平，毕竟谁也不能选择自己的来路，就像是早已写定的前世今生，也许以一个过客之心去观望沿途景色，才能更好地领略其中山重水复的雅致韵味。但我们都不是能够独立于尘世的修行者，姹紫嫣红，终是进了心，入了戏，那开场的锣鼓一旦响起，没有唱到最后的余音，却是再难退场。

　　容若将沈宛接到京城，但因为沈宛的身份，连姬妾都不如，自然进不了纳兰府，容若便在京郊另找了一处宅院，将她安顿下来。现实给予了这一对才看到曙光的男女无情的打击，可即使如此，沈宛也还是幸福的。她早就深深明白自己的地位，她并不奢求能够有着显赫的名分，这对于她来说，远不如和所爱的男人相守来得快乐。

　　这是沈宛人生中最欢乐的一段时光，这段日子里，她陪容若同游，谈诗论词，抚琴作画。她感激上苍，把他带到了她的生命之中。即便只是一刻，她也此生无憾了，她无时无刻不在祈祷，希望这一刻能够成为永远。

　　尽管沈宛极力想要用自己的柔情，来带给容若一生中最为灿烂的幸福，但她明白，自己并没能成功。沈宛是懂得容若的，尽管他从来不说，但从他那淡淡的黑色眼睛中，她却读出了笼在其中的忧伤，而那份伤怀是属于另一个女人。

近来无限伤心事，谁与话长更？从教分付，绿
窗红泪，早雁初莺。

　　当时领略，而今断送，总负多情。忽疑君到，
漆灯风飐，痴数春星。

　　伤心的泪，一次次地流，总是在找你的模样，总是在回忆，有
你的日子，我是如何地幸福。近来无限伤心事，谁与话长更。但是
现在，我却是那么孤独，一个人对着漫漫长夜，无人私语。依旧绿
叶婆娑的窗，依旧红花摇曳的庭院，依旧温柔缠绵的风，依旧温婉
清冽的井台，一只飞鸟从一棵芭蕉叶上穿过，一条青虫在一根翠竹
上蠕动。

　　这么美的景，我是多么爱慕，恬静，幽雅，轻灵，可是，可是，
没有你，这一切的存在又有何意义！你才是我的一切，才是我灵魂
可以安逸、美丽、快乐的所在。你在我晶莹的泪光中浮现，那么美
地笑着，袭着前世的爱，袭今生的眷念，雁飞了，莺也飞了，只有
一滴滴的泪水，在我的脸颊流淌，很想，很想，牵你的手，去看漫
天的雨，去看纯洁的雪，很想，很想，温暖的黄昏，抱着你，做你
一生的爱人。

　　当读到容若这一首《青衫湿·悼亡》时，沈宛便了然了他的心事。
在容若心中，总有一席毫不动摇的位置，即便是生离死别，也无法
阻隔他内心澎湃的情感，只是将那举案齐眉、两情缱绻，化作了刻
骨的相思，深藏在字里行间，寻找着宣泄的路途。

对于已经故去的卢氏，沈宛不争，也无法去争。若是不爱，再说也枉然，若是深爱，就不如紧握。尽管自己付出了全部的真心，容若却还怀念着亡妻，但沈宛并不后悔，对于她来说，她宁愿倾尽所有，去爱着这个痴情的男人。

如果爱情需要回报，也就失去了纯净和美丽，那盏照亮人生的指明灯，就算只看着同行人的背影，听着他的脚步匆匆，也总是心有所期待，在道路上，有了追逐的方向，有了可以温暖的向往。待到岁月尽头，即便有些事，已经转身相忘，但回首经年往事，像是听着一首打动了自己的歌曲，往事如潮，纷杂涌来，总会有种多年后依旧缠绕的深浅情怀，萦绕于心。那是年少时的青涩，或是最美时带着淡淡遗憾的怀想，流年成雨，打湿了那扇叫作记忆的窗棂。

人生自古有情痴，痴情不是错，但那双痴情的眼睛，却不再能看到其他人无悔的付出。容若喜爱沈宛，是因为她能懂自己的词句，与她交谈是默契如朋友的惬意，可沈宛的深情，远不止如此。有人说，沈宛的爱情是个悲剧，因为她所爱的男人，心里另有所爱，而且那个已然成为芳魂一缕的存在，再也没有给沈宛去胜过的机会。

我想，曾在容若身边停驻过的所有红颜中，卢氏应该算是最为幸运的一个吧？虽然她并没能和容若一生一世一双人地相守白头，虽然在她的陪伴下，容若也偶尔会想起离散天边的青涩初恋，但至少那一刻，这是属于她的夫君。并且在她离去后，令容若思念到了生命的尽头，至死方休。

春花璀璨，秋月皎洁，各自美丽，各有千秋。在爱情中，人总是希望能看到更长远的风景，能走到天地岁月的尽头，但也有一种情，叫作"只求曾经拥有，不求天长地久"。当我们年华老去，过往都在风中化作一道道剪影，与其怀念，不如曾经轰轰烈烈，沉醉一场，心路迢迢，不悔前尘。

（四）聚散有情

容若当时，也许只把沈宛看作一个能够与他志趣相投的红颜知己，和顾贞观等那些挚友并无分别。容若交友广泛，也是人尽皆知，除了顾贞观外，不得不提的就是曹寅其人。而这位曹寅，和《红楼梦》作者曹雪芹更是至亲血缘。

《小说考证》卷七引徐柳泉云："小说《红楼梦》一书，即记故相明珠家事，金钗十二，皆纳兰侍御所奉为上客者也。"

潘飞声《在山泉诗话》卷四："性德……美风姿，擅才艺，所著《饮水词》《侧帽词》为国朝词人之冠，……世传《红楼梦》贾宝玉即其人也。"

在众多的红学研究理论中，很多人都认为，纳兰词对于《红楼梦》的创作有着很深的影响。考据到容若与曹雪芹的祖父曹寅，有着莫逆之交，再读红楼，就不难从中品读出容若的影子。

其实，许多历史资料中记载，容若与曹寅确实是渊源颇深。曹家祖上是明朝辽东驻军军官，后降清改籍，入包衣例，属帝王家臣。曹寅的生母曾是康熙的乳母，曹寅当过皇帝的侍读，曹雪芹的姐姐又是礼亲王之子、平郡王纳尔苏的王妃。曹家世袭江宁织造职达六七十年。

青年时代的曹寅文武双全、博学多能而又风姿英绝，二十多岁时被提拔为御前二等侍卫兼正白旗旗鼓佐领。同为御前侍卫，又有着相似的家族出身，使得容若与曹寅很快便结交成了朋友。但容若从不是个看重门第的人，他与曹寅的交往，更多是因为曹寅文采出众，饱读诗书，而曹寅精通的，正是容若一心向往的汉学。

容若有词《满江红·为曹子清题其先人所构楝亭·亭在金陵署中》——

籍甚平阳，羡奕叶流传芳誉。

君不见山龙补衮，昔时兰署。

饮罢石头城下水，移来燕子矶边树。

倩一茎黄楝作三槐，趋庭处。

延夕月，承晨露。

看手泽，深余慕。

更凤毛才思，登高能赋。

入梦凭将图绘写，留题合遣纱笼护，正绿阴青

子盼乌衣，来非暮。

康熙二十二年 (1683) 容若护驾南巡，此篇即作于此行中。从其中不难看出，容若与曹寅确实是可以交心的挚友。曹雪芹在写就《红

楼梦》一书时，参考了祖父所结识的这位翩翩公子，也不足为奇。容若又与宝玉绝然不同，这个世上毕竟只有一个真实的容若。

宝玉向来淡泊功名，不愿为之，只想依照自己的愿望好好生活，对于仕途，容若却是渐渐失望的。也许是他的抱负长才，并未如他预期一般得到施展，对于心怀纯净的容若来说，官场仿佛一个繁杂的混沌世界，并非仅有才华就能得以重用，看透了这一点，令容若不满。他巴望能摆脱御前侍卫一职，另受器重，但都未能实现。也或许，容若是个志向高远之人，但实事如此，他发觉无论自己怎样努力都无法改变，于是，现实的残酷令容若无力。但容若却和宝玉一样挣不脱，逃不掉，是宿命，总无情。

容若在康熙二十三年（1684 年）秋写给严绳孙的心中曾言道："兹于二十八日又从东封之驾，锦帆南下，尚未知到天涯何处，如何言期归期耶？汉兄病甚笃，未知尚得一见否，言之涕下。弟比来从事鞍马间，益觉疲顿。发已种种，而执犹如昔。从前壮志，都已灰尽。昔人言：身后名不如生前一杯酒，此言大是。……古人谓：好官不过多得金耳。吾哥但得为饱暖闲人，又何必复萌宦情耶？吾哥所识天海风涛之人，未审可以晤对否？弟胸中块磊，非酒可浇，庶几得慧心人以晤言消之而已。沦落之余，方欲葬身柔乡，不知得如鄙人之愿否耳。"

身后名不如生前一杯酒，容若之真性情可见一斑。于宦海浮沉看得太多，已然使得容若从之前的豪情壮志，化作了灰烬之念。不若寄情于山水之间，沉醉于诗酒之中，月移花影，一卷书，一杯清酒，怡情于自然恬淡的日子里。

　　但容若终究是别无选择的，所以，身居御前侍卫的容若，一如既往地忙碌着。他只能偶尔到小院来看看沈宛，和她相聚相谈。沈宛在这种日复一日的等待中慢慢感到了说不出的孤单。背井离乡，既无朋友亲人，也不能离开这小院，红颜无依，她有的仅是对所爱男人的一丝希冀与满腔的爱恋。她在大把的闲暇时光中，望着风雨后的天空，感受着北方寒冷入怀的风，开始怀念起风也温柔的江南，怀念起那片草长莺飞、莺歌燕舞的葱茏，以及和姐妹们秦淮河上谈诗论赋的日子。

　　她这种寂寥，无人倾诉，唯有写进了词句中——

　　　　黄昏后。打窗风雨停还骤。不寐乃眠久。渐渐
　　寒侵锦被，细细香消金兽。添段新愁和感旧，拼却
　　红颜瘦。

　　是谁说，距离只在空间相隔？那种明明近在咫尺却触不到的无奈，远比天涯相思，更加苦涩。若在茫茫人海中，你我能够重新相遇，再次选择，是否还会走上这条没有归途的道路，将这满眼的繁花望穿，晕染出荒芜的秋凉？我们总说惜缘，但又没有一段情缘是即使用尽全力，也无法挽留的？那曾携手相伴的人，总有些错失在了时空中，再也寻不回来。缘分弄人，难以尽如人意。

　　沈宛终究是那果敢坚毅的女子，并非依附于男人才生的菟丝花，

她有自己的思想，更不甘心就这样下去，所以，沈宛终是选择了回到她梦中牵系的江南，离开了京城，离开了别院，更离开了那个她深爱着的男人。但想必连沈宛也没有料到，这一别就是永远。从此山长水远，生死离别，再见无期。从此上天入地，苍穹之下，再难寻那个第一眼便铭刻在她心中的身影。不是错，却成愁，这一番聚散离别，又是怎样的悲凉？

（五）今生凤愿

　　容若诗词，多写离别，辞藻清丽中总带着宛若秋风席卷落叶的感伤。容若的一生中，经历过几次令他痛彻心扉的离别，不管是两情相悦，却生生咫尺天涯；还是举案齐眉，幸福正浓时的生死永隔；抑或是红颜知己的不辞而别，这许多聚散都在他心底留下了一道道看不见的伤痕。这无法弥合的伤，是他生命中最耗尽流光的劫数。

　　其实，在这辗转的人世中，谁又不曾经历过一两段离别呢？岁月时光是一条充满未知的河流，我们与那些相逢相遇的"良人"，站在河两端遥望，却无奈许多缘分，经不起考验，终于在离别面前，变得那样不堪一击。转身相忘，江湖水远，当初的海誓山盟，画眉吟诗，都已然在风中飘散。

　　　　而今才道当时错，心绪凄迷。红泪偷垂，满眼
　　春风百事非。
　　　　情知此后来无计，强说欢期。一别如斯，落尽

梨花月又西。(《采桑子》)

容若的相思之词,我倒觉得本就不必深究是写给了谁,春风满眼,春愁婉转,由生之美丽而感受死之凄凉,在繁花似锦的喜景里独绘百事皆非的悲怀,这种字里行间透出的痛楚,即使不言,亦深动我心。如果可以,我宁愿将红尘万丈望断成空,抛却种种,只为能简单宁静地与一个平凡男子,相守到老。

沈宛的离开,想必是对容若的又一个打击。他独坐在两人曾吟诗作画的庭院中,那满园景色如故,一起琴瑟和鸣的女子却是已然走远。也许,他也生出了悔意,后悔当初没有用尽所有深情,去待这个对自己情长意重的人。然而,世间种种,终不能回头。

我们常说把握当下,又有几人能真正做到?常在身边陪伴的人,就好似呼吸间流连于口鼻的空气,总会在不经意间被忽略,但当那人抽身离去,一去不回,当来去匆匆的情缘凋谢,才会顿觉惜缘的可贵。即使强自编织着性情不合的谎言,即便把所有悔恨的泪咽下,总还是无法挽回那坠落的爱恋。或许,爱与恨交织,才是人如梦的一生。

而回到江南的沈宛,也并不快乐。她以为能够重新过上毫无牵挂的生活,但一旦流转之后,怎可能依旧如初?有些过往,经历了雨打风吹,刻骨铭心,在这一季花期过后,终究是回不去了。人的心境也是如此,一旦因爱情开始,在其中沉沦,就再也上不了单纯清寡的彼岸,唯有沉沦,唯有随波逐流。

容若对于沈宛的思念，沈宛并不知道，但她却发觉一个惊人的事实，她怀了容若的孩子。这让沈宛在惊喜之余，还带了丝丝的隐忧。喜的是，这是他们血脉联结的骨肉，这个孩子是曾相守的感情见证，将两人紧紧联系在一起，这种血浓于水的感情，就算离散的刀刃也再割不断。忧的是，眼下情景，是否还能再回头？

沈宛在这种矛盾中度日，她托人去打探远在京城，那期期所念之人的消息。那时的沈宛，必定还是深恋着容若的，她想回到他的身边，为他生下这个孩子，然后就这样相守一生，她再无所求。

然而，人们所带来的竟是容若病故的噩耗。在闻听的一刻，沈宛几近崩溃，她没想到，只是一个和爱人聚首的机会，上苍却再也没留给她。有时一念之隔，便是沧海桑田。

容若死后，沈宛亦写下一首首悼亡词，直到此时，她方才体会，当初容若是怀着怎样一种心情，于笔墨间流转出那些相思如疾的文字。建立在这种基础上的赞誉，却是伤得痛彻了心扉。

提起悼亡词，首先映入脑海的，便是元稹的"曾经沧海难为水"，与苏轼的"十年生死两茫茫"。韦丛嫁给元稹时，元稹尚无功名，婚后颇受贫困之苦，而她无半分怨言，元稹与她两情甚笃。七年后韦丛病逝，韦丛死后，元稹有不少悼亡之作，这一首表达了对韦丛的忠贞与怀念之情。苏轼十九岁娶了王氏为妻，王弗聪明沉静，知书达礼，刚嫁给苏轼时，未曾说自己读过书。婚后，每当苏轼读书时，她便陪伴在侧，终日不去；苏轼偶有遗忘，她便从旁提醒。苏轼问她其他书，她都约略知道。王弗对苏轼关怀备至，二人情深意笃，恩爱有加。苏轼与朝中权贵不和，外任多年，悒郁不得志，夜中梦见亡妻，凄楚哀婉，于是写下这篇著名的悼亡词。

但沈宛的悼亡，又与这两者不同。毕竟残留给她的回忆太少，没有十年相守，甚至没有七年相依，她只有将过往的每一日揉碎，从那些零落的片段里，回味着刻骨的相思。如果当初不曾错过，是否一切就会不同？至少，她能够守着他，伴着他，走过最后的岁月。

关于沈宛与容若的孩子纳兰富森，是纳兰容若的三公子。对于富森的记载，是七十岁的时候出现在了乾隆的千叟宴上，他也算是纳兰家族的长寿之人。富森名正言顺，归入纳兰家族的族谱，并得以善终。至于他的母亲，纳兰家族却绝口不提。

当然，也有一种说法，说富森是颜氏的孩子，但百年已过，尘埃落定，具体真相如何，也只能凭后人猜测。无论怎样，沈宛与容若曾有过这一段相依相伴，总是改变不了的事实，在容若短暂的生命中，沈宛也是那占据了重要位置的女子，即使留下个遗憾的结局，也成就了这留有美丽怀想的传说。

一别经年，竟是生死相隔，有多少“无端”分别，最终成了错过。其实，世上千百桩事，又有哪一桩，真正是无端？只是，因为回忆太过痛苦，而强迫自己让它在记忆中慢慢变淡，然后，不再想起当初因果。

有些前世修得的缘分，毕竟太过短暂，在今生的结缘里，匆忙一瞬，各自离散。但我们依然应该相信，只要有过相逢，或许是下一世的约定，苍茫人世，风雨兼程，了却了某个夙愿，又开启了某个轮回。那悲欢离合的重量，终是胜过了生命的春花。这种深深浅浅的因缘际会，每一片都是奢望的终结。

卷六 凡尘何处莲花开

正如容若"当时领略，而今断送，总负多情"一般，仓央嘉措的爱情，也终究是云烟一场空。所以，他才会写下"我遇见你是最美丽的意外"，既是偶然，又怎奈流年？只是那沉淀的残红一场，却不可能水过无痕，那些逝去的爱情，虽有芬芳，却更多惆怅。

世上并无两朵相似的花，就好像即便是同一处的风景，也会在岁月流转中，品出不一样的韵味。但仓央嘉措的无奈与痛苦，又与容若何其相似，这两人相隔着几十年的光阴，却像是重叠的两道飘摇影子，在跌宕起伏的历史中，浮浮沉沉，身不由己。

一个是开在京城，却不做人间富贵花，一个是绽开在雪域高原，牵手佛前的那朵情花，但在爱情这条道路上，却都行走在布满荆棘的坎途，人说不动不伤，但人非草木，又怎能毫不所动？

（一） 遇见是缘

仓央嘉措短暂的一生，无时无刻不向往着自由，他身体中燃烧着的是对爱情火热的执着。然而，他对人间美好生活的追求，并没有像他的情诗那样行云流水，在禅意中了悟了完满。他拥有多少人可望不可即的至高无上的地位，但他却淡漠权力，不愿苦守戒律，渴望着世俗的平民生活。因为只有如此，他才能毫无拘束地去追逐他所想要的人生。

只是安然度日对他来说，却是个奢望。每日有那许多他所憧憬的美丽爱情片段，却没有一段能够真正属于他。有时，心底最深的寂寞，才是一种挣不脱的禁锢。没有人能够在其中游走一遭之后，仍能毫发无伤，不染纤尘。

仓央嘉措站在寝殿的窗前，俯视着朝阳辉映、霞光瑞气缭绕的圣城拉萨，那熠熠生辉的光芒，将他寂寥的身影拉长。耳边佛号袅袅鸣响，他却在唱着情歌——

我与姑娘相会，

山南门隅林里；

除了能言鹦鹉，

谁人都不知晓；

请求能言鹦鹉，

千万别把密漏！

　　有人说，仓央嘉措的生命中，除了那段没来得及收场的初恋，以及与卓玛轰轰烈烈的爱情之外，还有一个曾短暂停留的女人，她的名字叫作仁珍旺姆。在见到仁珍旺姆之前，仓央嘉措就曾听到过她的名字。他乔装流连于红尘，在许多地方都听闻有个雪域高原上最美的女子，她就是仁珍旺姆。

　　那时候，仓央嘉措不免好奇，他在头脑中遥想着她的样子，定是有一双比那苍穹上的星子更黑的眼眸，比三月桃花更艳的脸颊，比摇曳的格桑花更红的嘴唇。他终于有机会见到了仁珍旺姆,在街头，第一次碰到了她，在那一刻，他震惊了，眼前这张容颜长得竟是那样漂亮，令人一见便很难忘怀。穿过人群，也不知道是谁慕引着谁，亦不晓是谁追寻着谁。几个辗转，又好似几生几世的轮回。他们一起穿越热闹的街市，漫步至阒寂的旷野。

　　有时，心动只是一瞬的感觉，无须理由，不问因果。无论辗转了多少岁月，在那些或玲珑或沉郁的心里，总会有一颗长情的种子，哪怕是种负累，哪怕万劫不复，哪怕在光阴的刀剑相逼中，化作飞絮尘埃。与情之一字相遇，试问可否言悔？恨的只是流年不遂人愿，相逢未在最好的时节，却不曾后悔，陌上相知，执手相望，即便没有一眼万年，也好过从未遇见。

行走过繁华街道，与众生路人，擦肩而过个个仿佛都如我一般，步履匆忙。这时，橱窗里传来似曾相识的歌曲——

> 我往前飞飞过一片时间海
> 我们也曾在爱情里受伤害
> 我看着路梦的入口有点窄
> 我遇见你是最美丽的意外
> 总有一天我的谜底会揭开

那触动心灵的声音，忽而宛如烟花绽开，照亮了心底最柔软的角落。浮生若梦，能遇见便已是不容易。点一段檀香，覆灭青杏苦涩的滋味，细细用心去品尝遇见的惊喜，又何必太过顾虑前路渺茫？也许，在太多的追逐中，我们早已身心疲惫，忘记了那最初的纯净，学会淡然，学会简单，学会好好去爱，行过万水千山，去寻找爱情的真谛。

仓央嘉措与仁珍旺姆的一段情，像是高原上正逢花期的格桑花，浓烈而艳丽。但两人间的身份，毕竟有着云泥之别。他是高高在上的、所有信徒顶礼膜拜的信仰，是那神圣的存在，而她只是身在红尘的妓女，甚至比戏子更加被人嘲讽，但隐于淡妆浓抹背后的悲凉，又有谁知？

我想，仓央嘉措对仁珍旺姆的情，也仅停留在动心而已。不知道仓央嘉措真正身份的仁珍旺姆，几次暗示，希望仓央嘉措能够娶她，但都没有得到回应，终于，那份如火的期盼渐渐化作了失望。

　　但她不知，仓央嘉措不能向她许下承诺，他什么都能给，天籁一般的情诗，最浪漫真挚的情郎，只除了地老天荒。他没有对她言说，仓央嘉措并未像对待卓玛那般付诸自己的全部，这或许是种预示，终会留下个黯然的结局。最后，仁珍旺姆还是离开了仓央嘉措，没有留下只言片语，除了那曾经相处的点滴片段。

　　也有人说，仁珍旺姆与玛吉阿米本就是同一个人，是人们为了弥补仓央嘉措对初恋爱人的遗憾，才会塑造出了另一段传说。但要是果真如此，又何必复制出一个同样的无言离别？若设身处地，我为戏子，想必都希望能有个喜剧的收尾，但那些被人们所深深铭记的，却又往往是徒留嗟叹的悲剧一场。

　　在辗转的寻找中，我们有时会忘了，真正重要的是那个人，还是那一次情缘相逢，其实，这早已没有了界限。就像是有人会说，所爱非卿，爱上的仅是爱情的感觉一样。无论怎样，爱就是爱了，就算无疾而终，各安天命，那曾经亲历的风霜雨雪，那曾经赏过的花好月圆，也是一种奇妙的印记。

（二）且共从容

　　人的内心总会有或深或浅的坚持，有时合情合理，有时固执一念。但在山河变迁中，那些对于每个人来说重要的执念，都渺小得如沧海一粟，无望得如飞蛾扑火。但人心的奇妙便在于明知不可为，却还要坚守着那可能性微乎其微的完满。也许正是因为有了这些追赶，才让我们不至于在人生行途上，或索然无味，或失去方向。单纯热情的心怀期望，总好过清醒看透的心灰意冷。

　　仓央嘉措的一生中，似乎都在为自由与现实的矛盾而苦闷。他毕竟还是个心怀慈悲的人，但这种慈悲却压抑不住他的才情，与对红尘的向往。他感到孤单，因为在那辉煌的宫殿中，没有一人能够了解他内心的苦楚。就算是今日，我们手捧书卷，品读着他一笔一画留下的诗句，谁又能说，可以真正走入百年前那多情柔软的内心呢？我们都不过是个过客，浮光掠影地了解了仓央嘉措，但他所尝尽的冷暖，他所沉迷的尘世，他所参悟的宿命，我们仅能赏析，仅能心疼，而无法替代。

　　然而，不管仓央嘉措如何，历史的车轮总是滚滚向前，改朝换代，谁也无法阻止。相较于沧海横流，我们每个人都不过是渺小的一颗沙粒，只能随之向前，终被湮没在苍茫之中。百年化作尘土，又有谁能幸免？不能改写，唯有努力向前而行。

当时的局势终究没能稳定住，尽管桑结嘉措尽力维持着，但退守青海的拉藏汗还是搬来蒙古大军，从青海沿那曲一路向拉萨杀来。此时，桑结加措也慌忙拼凑军队准备迎敌。结果大败，桑结加措率数十骑败退山南，后被拉藏汗的妃子率领的部队在山南将其抓获。

藏历第十二绕迥木鸡年七月，桑结嘉措最终还是被押到龙德庆的朗孜村斩首。桑结嘉措，这个在雪域高原上叱咤一时的雄鹰，也免不了陨落一方的命运。他热爱这片土地，渴望这片土地，但一段历史的结束，他阻止不了，也许这道劫难的坎，他早已预见，可他不能停止，也不能回头。

桑结嘉措一死，被他扶植起来的仓央嘉措，自然成了众矢之的。拉藏汗掌握大权以后，就开始对他多方责难。他派人前往京师，直接诬告桑结嘉措勾结准噶尔人，准备反叛朝廷。并且又提出，桑结嘉措在布达拉宫立的仓央嘉措不是真正的转世灵童。仓央嘉措流连尘世的种种，也被拿出来成为了告状的缘由，说他整日沉湎酒色，不守清规，请予废黜。

此事自然惊动了康熙，他派侍郎赫寿等人赴藏，敕封拉藏汗为"翊法恭顺汗"，赐金印一枚。康熙下令废除仓央嘉措的职务，并且立即动身"执献京师"。

为了维护仓央嘉措，在哲蚌寺前的参尼林卡为其送行时，哲蚌寺僧人将其强行抢至该寺的甘丹颇章宫中。拉藏汗当然不会就此放过斩草除根的机会，他派兵包围了哲蚌寺，寺内的僧侣们奋力抵抗，紧张形势一触即发。

仓央嘉措又怎能眼睁睁看着为了自己而生灵涂炭？他自动走到蒙古军中，立即平息了这场一触即发的战斗。对于仓央嘉措来说，这无异于一场灾难，他心里明白，只要一出发，自己踏上的，将是一条不归路。他虽不愿高高在上，却是善良与慈悲的，他无法眼睁睁看着为了他而生灵涂炭，流血无数。如若仓央嘉措只是个流连于红尘情爱的诗人，也许便不会如此被后人所喜爱，正因为他心中同样怀有高远的大爱，才使得他的形象在百年后依旧鲜明如初，并未随着时间的流转而黯淡成灰。

就这样，仓央嘉措踏上了路途，他终于得偿所愿，离开了这座牢笼般的宫殿，但却不曾想到，是以这样的方式。等待着他的并非自由，而是那即将到来的审判，甚至死亡。其实怎样赴死他并不在乎，他只想能够再吸一口新鲜的空气，仰望雪域头顶，那一片碧蓝的天空，再听一听美丽的姑娘动听的歌唱。

走出布达拉宫的那一刻，往事纷涌而至，萦绕在他脑海里的，不是那生死未卜的前路，而是多少个红尘之内，令他曾深深迷醉的回忆。那随风而逝却依旧历历在目的爱情，那些自他身边走过却不知如今身在何方的女子。在这无以安身立命的乱世之中，她们过得可还安好？是否有人能够静静守候，为她们遮起一片天空？他也许是世间最美的情郎，但却无法做那最好的良人，去和任何一个女子相守一生。

　　不知在仓央嘉措心中，是不是也觉得就这样结束今生便是最好的结局。他信佛，更信轮回流转，此生已然别无选择，希望若有来生，能回归那最为本真的自己，就当那个能够随心所欲的宕桑旺波，去邂逅一段宿缘，而不是迎来一道道劫数；希望若有来生，能够在对的时间遇上那个最心爱的女子，或是把酒桑麻，或是游历天下，笑看云卷云舒，信步山河岁月，携手度过那条叫作时光的漫漫长河，且共从容。

　　　　　你若曾是江南采莲的童子，
　　　　　我必是你腕下错过的那一朵。
　　　　　你若曾是面壁的高僧，
　　　　　我必是殿前的那一炷香。
　　　　　焚烧着，
　　　　　陪伴你过一段静穆的时光。

　　　　　因此，今生相逢，
　　　　　总觉得有些前缘未尽。
　　　　　却又很恍惚，
　　　　　无法仔细地去分辨，
　　　　　无法一一地向你说出。

　　　　　日已夕暮，

我的泪滴在心里。

若真有来生，

请你留意寻找，

一个为你做梦的女子。

　　席慕蓉一首《前生来世》，道尽了前世今生的禅机。前缘中，或许曾近到呼吸之间的距离，有了开始，却没走到结局，只留下一抹怀想，深刻在记忆中，不会经过奈何桥的，而斩断了这份情丝。今世里，虽有些往事已经模糊，但坐在那临水的窗前，却有了种依稀的熟悉，仿佛在某个午后，也有过石桥上擦肩而过的相逢，但终化作了唇边那一抹不可言说的惆怅。

　　等待在来世的，会不会依旧是个上天编排的玩笑？但无所谓，谁又会去因此而放弃希望？就算再耗尽三生的轮回，能换取一个地老天荒的情缘，那些曾走过的等待岁月，不管是百年还是千年，就都不算漫长与悲凉。

（三）化身莲花

　　青海湖，地处青海高原的东北部，西宁市的西北部，是我国第一大咸水湖。青海湖面积达 4456 平方公里，环湖周长 360 多公里，比著名的太湖大一倍还要多。湖面东西长，南北窄，略呈椭圆形。青海湖水平均深约 19 米多，最大水深为 28 米，蓄水量达 1050 亿立方米，湖面海拔为 3260 米，比两个东岳泰山还要高。

　　关于青海湖，有很多动人的传说，世代流传。

　　汉族的故事中，是说很早以前，东海老龙王有四个儿子，大儿子是北海王，二儿子是东海王，三儿子是南海王，唯小儿子无海可去，老龙王想凭借自己力量造一片大海，于是来到青海草原，看到这里广阔无垠，风光迷人，于是汇集了 108 条河的水造就了偌大个西海，让他的小儿子当了西海王，这西海就是青海湖。

　　藏族的故事中，很早以前，千里草原上只有一眼清泉，一块石板盖在其上，泉水长流不溢。周围居住的放牧百姓，饮水后必须把石板盖上，否则将会大祸降临。有一年，吐蕃王朝宰相隆布嘎尔父子逃亡来到这里，儿子饮完水忘记盖石板，泉水便汹涌奔泻出来，越来越大，千里草原变成了汪洋大海，成千上万牧民被海水淹没。此事震撼了天神，天神将印度赤德山岗的峰头搬来压住了海眼，青海湖和海心山就这样形成了。

蒙古族的故事中，古时青海湖美丽而宽广，但这里的部落头人肆意欺压百姓。有个叫库库淳尔的英雄，解仇释怨，除暴安良，才使各族群众团结和睦，亲如一家。他死后被天帝封为团之神，保护善良，从此蒙古族称青海湖为"库库津尔"（即库库诺尔）。

不论怎样，仓央嘉措的脚步都曾走过这里，并且止步于此。像是一首乐曲未曾唱到终结，却在回旋时戛然而止，谁也没想到，这个才华横溢的灵动男子会这样结束了他短暂但丰富的一生。可关于仓央嘉措的种种传说，远远没有就此终结。

查阅各种关于仓央嘉措的资料，都不难发现，关于他的死因，其实一直是个谜。主要有以下几种说法——

传说一，仓央嘉措在押解进京途中病逝于青海湖；

传说二，仓央嘉措在路上被政敌拉藏汗秘密杀害；

传说三，仓央嘉措被清帝囚禁于五台山，抑郁而终；

传说四，好心的解差将仓央嘉措私自释放，他最后成为青海湖边的一个普通牧人，诗酒风流过完余生。

无论是被杀害或是病逝，从北路进京，抵达青海的贡噶诺尔时圆寂，时年二十五岁，这是传记中的普遍说法。死是种解脱，

166

生死这一途，是每个人都不免要经历的初衷与归途。只是来时我们了无牵挂，经历了红尘游走一遭，却生了太多牵挂，太多依恋，太多放不下的琐事，那些无处安放的韶华遗憾带到了身后，便成了挥不去的惦念。即使每个人都明白，这执念就算再历尽来生，也未必能够实现，但唯有心怀期望，才可熬过那重生的等待。就像是有些谎言，永远不必戳破一样，有些期盼也永不会凋零。

关于仓央嘉措的结局，另一种说法是，仓央嘉措带着手铐脚镣随钦使走到青海扎西期地方时，即以神通脱身，往五台山山洞中修法。一天，忽然来了一位姑娘，送他一幅观音画像。他把像挂在壁上，便念"安像咒"，这时姑娘忽然离地而起，冉冉走入像中，那像随即说道："不必再念，我已到像中来了！"他才醒悟姑娘即是观音化身。因此，那幅画像被称为"说过话的像"，他修法的山洞被称为"观音洞"。

后来，他从五台山到了蒙古阿拉善旗，给一户人家放羊，有许多羊被狼吃了，主人对他大加申斥，他便去把狼找来，对主人说："羊是它们吃的，请向它们理论吧！"主人大奇，才知他是有来历的人。另在十三世达赖喇嘛传中记有"十三世达赖到五台山朝佛时，曾亲去仓央嘉措闭关静修的寺庙参观"等文字；还有说他被软禁在五台山的。说明去五台山之说颇为流行。

记录最为翔实的，是"密传"《琵琶音》的说法。"于火猪年当法王（即仓央嘉措）25 岁时，被请往内地。"次第行至东如措纳时，皇帝诏谕严厉，众人闻旨，惶恐已极。担心性命难保，无有良策以对。于是异口同声对我（仓央嘉措）恳求道：'您已获自主，能现仙逝状或将形体隐去。若不如此，则我等势必被斩首。'求告再三。仓央嘉措无限悲伤，话别之后，遽然上路，朝东南方向而去。……"此后，他经打箭炉至内地的峨眉山等地去朝山拜佛。然后，又到前后藏、印度、尼泊尔、甘肃、五台山、青海、蒙古等地云游，讲经说法，广结善缘，创下无穷精妙业绩。六十岁以后在其生命终结之际，于内蒙古的阿拉善旗圆寂。

> 天空洁白仙鹤，
>
> 请把双翅借我，
>
> 不到远处去飞，
>
> 只到理塘就回！

　　这是仓央嘉措在人世间留下的最后吟唱，你可曾听到天地间那最后一曲轻音婉转，究竟是终结，还是另一个开端，然后陷入无止境的因果循环？从此天地中再无相会，那真正的归者又隐匿在了何方？世间繁华万种，终是过往云烟，不如心花一朵，不会因岁月蹉跎，白驹过隙，而辜负了这一段锦绣流年。

　　据说，六世达赖的转世灵童就是根据仓央嘉措这首诗中的暗示，在理塘找到的。不过仓央嘉措写下这首诗后，这一次不是"不到远处去飞，只到理塘就回"，而是永远地走了，走得不知所终，挥一挥衣袖，终是将所有猜测、所有非议、所有揣度，留给了后世的人们。

这一年是 1706 年，仓央嘉措刚刚二十五岁。

（四）千古评说

在这里，也不得不介绍一下仓央嘉措的接任者，七世达赖格桑嘉措。桑结嘉措被杀后，仓央嘉措被废黜，拉藏汗立益西嘉措为六世达赖。但是西藏各阶层僧俗群众，尤其是拉萨三大寺上层喇嘛们对拉藏汗擅自决定废立的做法坚决反对，他们坚持仓央嘉措是真正的六世达赖，但仓央嘉措已经去世，应当寻找他的转世灵童。

根据仓央嘉措那首白鹤的诗歌，人们就到理塘寻找仓央嘉措的转世灵童，结果找到了一个名叫格桑嘉措的儿童。这时，拉藏汗也注意到理塘"灵童"格桑嘉措的重要性，先后两次派人到理塘察看，这就引起了青海和硕特部首领们的警惕，为了避免拉藏汗在格桑嘉措身上打主意，他们果断地在1714年初将格桑嘉措转移到康北的德格地方。

随后，根据康熙帝之令将格桑嘉措送至青海西宁附近的塔尔寺居住。直到1719年清朝派大军进藏平定侵扰西藏的准噶尔时，才正式承认格桑嘉措为六世达赖。但是，格桑嘉措是作为仓央嘉措的转世灵童找来的，格鲁派的僧人认为他是七世达赖，清朝却坚持格桑嘉措是六世达赖，认为格桑嘉措是接替而不是继承已被废黜的六世达赖，所以不能认作七世达赖。

益西嘉措在位 11 年，但是，西藏僧俗群众皆不承认他是达赖喇嘛的转世灵童。白噶尔增巴·益西嘉措坐床以后，拉藏汗便上奏康熙皇帝，请求皇帝承认他是达赖喇嘛，并赐金印。皇帝依奏，赐金印一枚，印文为"敕封第六世达赖喇嘛之印"，被修改为"敕赐第六世达赖喇嘛之印"。为了稳定西藏当时的混乱局面，康熙帝于公元1713 年（藏历第十二绕迥水蛇年）册封第五世班禅洛桑益西为"班禅额尔德尼"，赐金册、金印，命他协助拉藏汗管理好西藏地方事务。

不过，这些都是后话，仓央嘉措永远留下了一个谜，让人们万般猜测，借以怀想雪域高原上那朵贪恋红尘，却也摇曳佛前的雪莲花。如果时光能记住，曾有过这样的男子，在世上游走一趟，是否也会为他温柔停驻，留下淡淡的却又清晰的一抹光影？

藏传佛教高僧这样评价仓央嘉措："六世达赖以世间法让俗人看到了出世法中广大的精神世界，他的诗歌和歌曲净化了一代又一代人的心灵。他用最真诚的慈悲让俗人感受到了佛法并不是高不可及，他的独立特行让我们领受到了真正的教益！"

仓央嘉措，他的名字永远镌刻在诗歌长河中，成为一颗闪耀天边的晨星。他究竟写了多少诗歌，很难用数字来罗列清楚。至今没有确切的数字。据藏族文学家刘家驹在《康藏滇边歌谣集》的自序中介绍，仓央嘉措的原作虽不满百，流传到民间，发展成数万言，都说是他写的，可见他的诗歌感人之深和人们对他的爱戴，非比一般。

曾看到这样的评说：作为达赖喇嘛，仓央嘉措是不称职的，但作为一个诗人，他却是十分优秀的。他的诗是发自内心的天籁，几百年来早已深入藏族人民心中。即便是今天，你只要起个头，许多人都能唱几首仓央嘉措所写的情歌。

藏族人民十分同情他的遭遇，就是对他的那些放荡行为也认为是人之常情，有一首藏族民歌唱道——

> 不要说仓央嘉措，
>
> 找情人去了。
>
> 如同自己需要一样，
>
> 他人也同样需要。

他并不是个只会谈情说爱的浪子，而是佛前那偶然被系错了姻缘的莲花。如若没有良缘错配，也许他能够守着青灯古佛，接受那万人朝拜，在焚香袅袅诵经修行中，安然度过一生，然后参悟那隐匿的禅机，心静如止水，坐化在某个无常的日子里，等待着他的信徒们，去寻找他的轮回转世，将这香火一代又一代延续下去。

又或者，他不曾被赋予了这至高无上的身份，在那个小村子里，一如童年般快乐无忧地长大，在韶华岁月里谈一段带着淡淡忧伤的年少恋情，错身之后，终于在尘缘里邂逅属于自己的爱人，在这广袤而又美丽的雪域高原上，相依相守，携手一世，留下彼此的记忆，在下一个流转中再次寻找、相逢。

只是，宿命如此，却没给他其他的选择。他的生命有了个再普通不过的平凡开始，但又走向了一条注定铺满坎坷的道路，红尘一度之后，便这样悄无声息地结束。但比来时更加寂静的收尾，却引来了太多的关注与猜测，只因他是仓央嘉措，他是个难以捉摸的谜，是一个不朽的传奇，是青藏高原的一颗明珠，是雪域之巅最凄美的诗篇。他的故事，终不会太过沉默。

生命仿佛一首沉郁顿挫的咏叹调，何时开始，何时终结，也许早有定数，但又不乏峰回路转的回旋。那些爱过的人，错过的事，如果能够相忘，是否真的最好？回首往事，若淹没在尘埃中，都只剩下一张纸般的空白，总有种回忆无处安放的淡淡遗憾。既然凡事终要结束，为何还要有那开始的缘起？为何还总要留下那些遗憾，让我们日复一日，不能释怀？

或许，这就是为了给我们留下那许多深浅的思念和怀想，使得四处漂泊的灵魂，有一份安定的渴慕，在一个安稳的房檐下，梳理着额前的白发，遥想起也曾流连于起落人间。然后，关上岁月的窗，听着桥下潺潺的水声，千年的流水从容淡泊地流着，心中便生出一种看罢百事的坦然与悠远。落花流水，并非无心，一切皆流，无物永驻。斑驳了流年，燃尽了风华，原来，有些事，有些人，平生不是不能相忘，而是不愿忘却。

（五）涅槃重生

月下的青海湖，广阔如海，寂静如海，或许，它本就是藏族人心目中浩渺的深海，藏语称其为"错温波"，意思是"青色的湖"；蒙古语称它为"库库诺尔"，即"蓝色的海洋"。那颗星辰，也许是真的陨落在了这片深海中了吧。

没有了仓央嘉措的布达拉宫，太阳依旧每天升起，日光洒落下来，壮丽辉煌。只是空荡荡的大殿，除了丝丝缕缕的香气，烟火中再也寻不到尘世的痕迹。一别经年，再别无期，那一段喧嚣尘上的曾经，已经恍如隔世。只能在字里行间，寻找那依稀的影子——

我问佛：为何不给所有女子羞花闭月的容颜？

佛曰：那只是昙花的一现，用来蒙蔽世俗的眼，没有什么美可以抵过一颗纯净仁爱的心，我把它赐给每一个女子，可有人让它蒙上了灰。

我问佛：世间为何有那么多遗憾？

佛曰：这是一个婆娑世界，婆娑即遗憾，没有遗憾，给你再多幸福也不会体会快乐。

我问佛：如何让人们的心不再感到孤单？

佛曰：每一颗心生来就是孤单而残缺的，多数带着这种残缺度过一生。只因与能使它圆满的另一半相遇时，不是疏忽错过，就是已失去了拥有它的资格。

我问佛：如果遇到了可以爱的人，却又怕不能把握该怎么办？

佛曰：留人间多少爱，迎浮世千重变。和有情人，做快乐事，别问是劫是缘。

我问佛：如何才能如你般睿智？

佛曰：佛是过来人，人是未来佛。佛把世间万物分为十界：佛，菩萨，声闻，缘觉，天，阿修罗，人，畜生，饿鬼，地狱；天，阿修罗，人，畜生，饿鬼，地狱，为六道众生；六道众生要经历因果轮回，从中体验痛苦。在体验痛苦的过程中，只有参透生命的真谛，才能得到永生。凤凰，涅槃。

佛曰：人生有八苦——生，老，病，死，爱别离，怨长久，求不得，放不下。

佛曰：命由己造，相由心生，世间万物皆是化相，心不动，万物皆不动，心不变，万物皆不变。

佛曰：坐亦禅，行亦禅，一花一世界，一叶一如来，春来花自青，秋至叶飘零，无穷般若心自在，语默动静体自然。

佛曰：万法皆生，皆系缘分，偶然的相遇，暮然的回首，注定彼此的一生，只为眼光交汇的刹那。缘起即灭，缘生已空。我也曾如你般天真，佛门中说一个人悟道有三阶段："勘破、放下、自在。"的确，一个人必须要放下，才能得到自在。

我问佛：为什么总是在我悲伤的时候下雪？

佛曰：冬天就要过去，留点记忆。

我问佛：为什么每次下雪都是我不在意的夜晚？

佛曰：不经意的时候人们总会错过很多真正的美丽。

我问佛：那过几天还下不下雪？

佛曰：不要只盯着这个季节，错过了今冬，明年才懂得珍惜。

这一首《问佛》，似乎流转着浓浓的禅意，在写下这段文字时，仓央嘉措已经将自己和佛融为了 体。一花一世界，一叶一如来，春来花自青，秋至叶飘零，一草一木，皆有佛缘，那些滚滚红尘里的取舍得失，究竟该怎样，才能了悟，才可勘破？佛是一种境界，而凡尘亦是一番别样风情，我们终究只是那难度的凡人，有着渺小的心愿，宁愿在俗世境遇里承受颠沛流离，却不愿游离在尘世之外，独自承受那遗世独立，难言的孤单寂寥。

万般尘世，如何能够全然舍弃，放下所有？"放下着"是一句禅词，《禅意与化境》中道：放下你的外六尘、内六根、中六识，一直舍去，舍至无可舍处，是汝放生命处。

禅意并非人人皆能悟之，游客中有人在禅房向老僧求教何为"放下着"。老僧讲了一个故事：佛陀在世时，有位名叫黑指的婆罗门拿了两瓶花要献给佛，并请他开示佛法。佛说："放下。"黑指放下了左手的花瓶。佛又说："放下。"黑指放下了右手的花瓶，佛还是说："放下。"黑指茫然道："我已经全放下了，你还叫我放下什么呢？"佛说："我不是叫你放下花瓶，而是叫你放下六根、六尘、六识。当你把根尘都放下时，你就再也没有什么对待，没有什么分别，甚至你将从生死的桎梏中解脱出来。"

我想，仓央嘉措一生的痛苦，就在于他始终无法向现实妥协，放下心中那执着一念，倾尽一生，去守着那寂寞华年，盼望能够在这无边佛海中，求得"不负如来不负卿"的双全之法。然而，这毕竟是一种遥不可及的奢望而已，于是，双全便成了难全。

曾经那样的喜欢夕阳浸染，带着金色的余晕，成就了那仿佛照亮整个生命的亮色。但随着岁月增长，韶华不再，却更加流连起了蓬勃的朝阳。夕阳无限好，只是近黄昏，但朝阳却时刻充满了无限可能，像是随时能够高飞。一切的结束，万物万事的凋零与逝去，又怎能比一个足以充满期盼的开端，更加令人神往？

仓央嘉措的一生，演绎了一段传奇，已不算空行一遭。他的灵魂得到了涅槃，而新的希望又在重生。既然有百世流转，那么，仍相信，如今的仓央嘉措也已得到了新生。这样令人神往的男子，又将安身何处？是依旧重复着他千百年前的悲哀，还是像你我一般，匿迹在了繁华却又荒芜的大千世界？

如是如此，我希望有一日，能和他擦肩而过，不必言语，只回眸一望，便在他那慈悲又多情的眼中，看到今世他的岁月相安，他的尘缘落定。若老天相怜，想必不会再将他的才与情辜负。浮生若梦，而这一梦，又在泅渡过忘川之后，入了谁的心田？

卷七 我是凡间，清尘一朵

不知是否命运总有着惊人的相似与巧合，所以，仓央嘉措和纳兰容若才被生在了同一个时代。两人都是属于真性情男子，同样对爱情报以真挚的情感，笃诚温柔，敏感富有灵性，但命运之手却并未将这最美的情郎温柔呵护。

那吟诵着"当时只道是寻常"来怀想逝去爱恋的男子，那"和有情人，做快乐事，别问是劫是缘"的情僧，他们都只想为自己而活一世，但在当时却成了一种遥不可及的奢望。只希望轮回流转之后，能有一安稳现世，圆百年前那红尘一叹的凤愿。

凡尘种种，终是如那万物轮回，有春花盛开，也逃不开秋叶凋零。当年华老去，不去想那许多的因果前尘，不去纠结于岁月中沉积的许多雨雪风霜，只剪落一段记忆中最为深刻的光阴，淡淡品味，细细怀想。

（一）最后心愿

　　曾几何时，对相聚离别，已经渐渐有些麻木，聚，不喜；散，亦无悲。朋友说，你这是适应了这变化万千的世界，我却觉得这是不是一种变得淡漠的表现？理性的人固然很好，冷静自持，但许多时候却少了种对高山流水、听风赏竹的雅致。偶尔也该为那些渺小的感动、美丽的离别而动容一场，然后一笑沉醉。

　　只是离别总让人神伤，无论生离或是死别。对于一个长情重情的人来说，更是如此。容若三十一岁那年，已然从最初的三等侍卫，晋升到了一等侍卫但他却越来越被深深的失落所困扰。沈宛离开了他，就连好友严绳孙也辞官离去了。

　　严绳孙也是个有名的江南才子，他与朱彝尊、姜宸英被誉为"江南三布衣"。清顺治六年（1649 年），参加由江南名士太仓吴伟业主盟的慎交社，结识了一批东南名流。顺治十一年，与邑中顾贞观、秦松龄等十人结云门社，时称"云门十子"。康熙十四年（1675 年），严绳孙与容若相识了，两人一见如故，很快便成了莫逆之交。

　　康熙十八年三月，朝廷调举博学鸿儒，严绳孙受荐而避试，仍被选中，授翰林院检讨，参与《明史》编纂。以后历任日讲起居注官、山西乡试正考官、右中允兼翰林院编修、承德郎等职。

康熙二十四年，严绳孙辞官回家乡隐居，容若闻听这个消息，极力挽留，但严绳孙心意已决，他志不在此，更渴望能回到家乡，一心作画，诗酒田园。容若自然明白严绳孙的心情，因为这又何尝不是他心中所愿？只可惜，他的身份牢牢将他束缚住，穷其一生，无法脱身。于是，他也就没有再劝阻。

彼时，他们想必都还认为，即使天各一方，日后也能再相聚。他偶尔上京，或是容若偶尔去到一心向往的江南，两人把酒言欢，谈诗论赋，抚琴作画。只是那时他们谁也不曾想到，这一别竟成了永远，从此阴阳相隔，再见无期。就好像曾经的我们，总以为还有大把的时间可以挥霍，可以恣意去消磨，但谁能知道，有些时候那些过往一旦流走，就容不得我们再次回头。

相伴的红颜知己，倾心相交的挚友，太多离别，写在了容若三十一年的人生里。人若是能够预见未来，大约谁都会用那不留遗憾的方式去行走每一步的足迹吧？但生活就是如此，仿佛飘忽不定的风，使我们的流年居无定所，四处漂泊。

有时我们的选择，只有等待，没有结果，只能黯然离开；有时我们的放弃，迫于无奈，含泪转身，却是心有不甘。所以，有些曾经，管它是幸福或苦痛，只能深埋心底；有些希冀，无论现在或将来，只能逐步遗忘。

在这时光流逝中，造就了那份淡然心境，以痛吻我，我报之以歌，纵使那通往幸福的过程，总是伴随着苦痛，也要学会在喧嚣中安然，流光落尽，山河相安，始终守着内心的宁静，这样才不会自苦。

容若在经历了这许多之后，对自己那别无选择的人生，似乎更加失望。他不再寄希望于仕途，而是将心力转到了诗词的创作和整理上。于是，他修书一封，给自己的好友梁佩兰，邀他上京帮助自己完成心愿。

这梁佩兰，也算得和容若志趣相投的朋友。他是当时广东有名的宿儒，年近六十方中进士，授翰林院庶吉士。未一年，遽乞假归，结社南湖，诗酒自酬。其诗歌意境开阔，功力雄健俊逸，为各大诗派一致推崇，被时人尊为"岭南三大家"与"岭南七子"之一，著有《六莹堂前后集》等。也许正因为如此，容若才希望能让他帮助自己，编纂出一部自己最为满意的词集。

"仆少知操觚，即爱《花间》至语，以其言情而入微。"这便是容若写给梁佩兰的信中几句。他品评了《花间词》《词综》等历朝历代的词集以后，觉得世间并无一本真正合格的词集，认为大多数都缺乏鉴别能力与审美能力，把一些庸俗的作品当成了佳作。因此，容若想要选编一本自己的词集，也只有如此才能让他感到满意，感到没有遗憾。

收到此信，梁佩兰果然于康熙二十四年千里入京，想要帮助容若完成心愿。康熙二十四年五月二十三日，容若在寓所召集梁佩兰、顾贞观、姜西溟、吴天章、朱彝尊等人，举行了他生前最后一次宴会。席间，他们以庭院中两棵夜合花分题歌咏，容若写下一首五律。

依稀间，容若似乎又回到当初那三五朋友相聚，席间畅所欲言，把酒言欢的场景，只是当初的友人，眼下却有了数人不在其中。没有了吴兆骞，没有了严绳孙，甚至没有了那红袖添香，煮酒上茶，盈盈浅笑的红颜。想到这里，在这一片言笑中，容若心底不禁生出那物是人非，岁月苍茫的哀戚和惆怅。

繁华散尽，才品论诗词没过几日，容若便卧床不起，"七日不汗"，发烧不退，七日之后溘然长逝。去世日期为康熙三十四年五月三十日，也是其原配夫人卢氏逝世八周年忌日。

人生这一场悲喜落幕，不管繁华或是寂寥，都只是一瞬难留。我们每个人都是世中一粒尘埃，你去你留，秋水无痕。然而，时光虽一去不回，总会有些花开时荼靡的光影，斑驳在心中最洁净的角落，转身之后，犹在天涯。

（二）生死与共

与挚爱的妻子同一天故去，不知是命运的玩笑，抑或某种天定的牵绊？相爱的人常说：不求同年同月生，但求同年同月死。年少时，这些字句总流连在嘴边，自觉说得深情款款，已到了极致，但这句话如今听来，是倍加感慨，许是经过了岁月的流转，方才更加懂得了其中的深意，从前种种，现在回想却都只像是尘戏一场，而那曾相伴入戏之人，早已不知去往了何方。

曾经那地久天长的期许，终难以共同抵达那生老病死的彼岸吧？回头想想，为什么相爱的人都总希望同生共死？能感受着你经过的所有路途，然后同赏遍百花，历经风雨，无论平顺抑或坎途，都总是美好的拥有。所以，谁都不愿做那被留下的人，独自一人回味着过往，触手却已温暖不在，那种孤单寂寥，必定噬心刻骨。

卢氏走后，容若被独留在这世上许多年，虽有朋友相伴，有诗词作陪，但他的内心却总有一个角落空虚且清冷。他也明白，纵使写下再多深情词句，也唤不回爱妻相守，甚至连入梦的相会都无法握住那份温暖，使得它能留得更久一些。

这种寂寞，他品了八年，对于容若来说，已经太久，好似已然交付了一生的时光，将漫长人生里所有的年华都已用尽，这份等待与折磨，也该有个散场的终结。于是，他离开了，不再行走于这令他充满无奈的尘世，不再挣扎于现实与理想之中。

容若的离去，也许不能说完全没有留恋吧？毕竟，他还有那些挚友，深切地将他放在心中怀念着。

梁佩兰悼纳兰的挽诗中写道："佛说楞伽好，年来自署名。几曾忘凤慧，早已悟他生。"

嘉庆年间词人杨芳灿《纳兰词序》说："其词则哀怨骚屑，类憔悴失职者之所为。"纳兰的挚友张纯修《饮水诗词集序》云："此卷得之梁汾手授，其诗之超逸，词之隽婉，世所共知。而其所以为诗词者，依然容若自言：如鱼饮水，冷暖自知而已。"

清末梁启超评纳兰性德词：容若小词，直追后主。

清初著名词人陈维嵩评：《饮水词》哀感顽艳，得南唐后主之遗。

也是因为其中婉转的词风，使得许多对于容若词作的评价，都和南唐后主李煜联系起来。那个吟诵着"春花秋月何时了？往事知多少"的男子，尽管才华横溢，工书善画，能诗擅词，通音晓律，是被后人千古传诵的一代词人，却无法随心所欲走过一生，他本无心争权夺利，一心向往归隐生活，却被生生推上了那个没有退路的位置，只能化作"问君能有几多愁，恰似一江春水向东流"的叹息。功过事非，已成历史之轨迹。

从某种层面来说，容若确实与李煜有着相似之处。李后主贵为一国之君，容若则是相国公子，两人的词却又都显示出与身份不相符的天真和质朴；后主有亡国之恨，容若有丧妻之痛，所以他们的词在后期都是以哀婉动人。李煜和蓉若的创作高峰都在后期，一个追思故国，一个痛悼亡妇，境界虽有大小之别，其感人触情者如一。同样的高贵出身却不以为喜反以为苦，同样的多情而又专情，同样的才华横溢，同样的悲惨命运，同样的天妒英才。

曾看到过一篇对比李煜与容若的文章，以"细语闲话皆寂寞，都是千古伤心人"为题，这其中透出的黯然萧瑟之意，不言自明。这种寂寥仿佛一道看不见的丝线，将他们紧紧缠绕。就好像我们每个人都终有自己的宿命，只是或早或晚的区别罢了。若出现得太早，我们还没有准备好，便成了一种殇，留下了痕迹，如果来得晚一些，或许更能从容面对，然后笑一声，不过如此而已。唯有看遍沧海横流，方能悟出人生明镜。

但对于爱情，容若又与李煜不同。李煜与娥皇感情甚笃，在她死后写了很多诗句悼念，并以鳏夫李煜自称，可是却又与她的妹妹偷欢，是为小周后纳兰在妻子死后也写了很多词句悼念，尤以《临江仙》为佳，感人至深，句句血泪。

因此，我更喜欢读容若的词，其中深情缱绻，犹如生了翅膀的彩蝶。悠扬婉转，却并非完全儿女情长，又在回旋处，品出朔风狂吹，积雪飞扬，星辰清冷，广袤磅礴的意味来。这种交融，恰恰浇灌了心扉，雅韵之中唇齿留香。

读容若的词，一个关键词便是"宁静"，只有一方静谧，让心里的喧嚣慢慢沉淀下来，才能更好从字里行间勾勒出他的样貌风骨。容若就是这样一个人，他的才情，他细腻的心，都让后人怀想。除了当时文人外，后世的人对于他也给予了很高的评价。

王国维曾高度评价纳兰容若。"纳兰容若以自然之眼观物，以自然之笔写情。此由初入中原，未染汉人风气，故能真切如此。"质胜文则野，文胜质则史。文质彬彬，然后君子。

也正因这样，容若的友人，用自己的方式，给了他最好的祭奠。容若去世后，他的师友徐乾学、顾贞观、严绳孙、秦松龄等人为其编成《通志堂集》二十卷，包括赋一卷，诗、词、文、《渌水亭杂识》各四卷，杂文一卷，附录二卷。其中包含历史、地理、天文、历法、佛学、音乐、文学、考证等方面知识。

能将自己毕生倾注了才华的文字永远地存留下来，这大约是容若此生最大的夙愿吧？他的朋友能够读懂容若的心，有朋若此，容若也终是被眷顾之人了。

（三）生死一梦

　　历史上但凡有些传说的人，生死似乎总成为一种争议。有怎样的前尘，又该去往何种去路，千种猜测，万般揣度。不过想想，这也是种必然。若说今生只是个片段，那么因果轮回，总是有迹可循。那些无处投递的过去，变成了不知该安放何处的现在，终又渐行渐远，然后流转在未知的将来。何方是故乡？哪里又是归途？我们只能说，向着心的方向前行，纵使前路迷茫，亦微笑从容。红尘一途，犹似梦中。

　　和仓央嘉措一样，关于容若的死因，野史上也是众说纷纭。

　　有说是为情而死，最爱的卢氏死后，容若的心早已随着故去，容若现存的一百多首情诗中，有五十多首是缅怀亡妻而作。而后续娶的两妾他都不合意，真正喜欢的沈宛偏偏又是汉籍，两人身份隔着一道鸿沟，无法逾越。

　　也有说是病卒的，纳兰墓志铭所述："容若既得疾，上使中官侍卫及御医日数辈络绎至第诊治。于是上将出关避暑，命以疾增减报，日再三，疾亟，亲处方药赐之，未及进而殁，上为之震悼，中使赐奠，恤典有加焉。"也算是可查资料中比较多的一种说法。

还有是说容若的工作长期不得志。容若二十二岁中进士，成为皇帝的三等侍卫，从三等侍卫到一等侍卫，他用了九年时间，容若鞍前马后地服侍康熙，年纪轻轻却城府颇深的康熙好像熟视无睹。这种为皇帝打杂跑腿的生活，对容若来说没有多少成就感和快乐可言；单调拘束的侍卫生活远不合他的性情，加上常常目睹上层政治党争的内部倾轧，他越加心灰意冷。

更有说，容若之死，是实事所迫。彼时三藩之乱已平，可谓内患渐消，四海升平，然而以明珠与索额图为首的党争却愈演愈烈，大有你死我活之态势，容若虽身为明珠长子，却一向淡泊名利，厌恶政治斗争，更何况由于他长伴康熙左右，应当对未来政局的走向有着相当清醒的认识，所以他可能已经预感到家族的衰亡是不可挽回的。但是明珠此时却被荣华富贵冲昏了头脑，对儿子要其"退步抽身"的规劝置若罔闻，容若无可奈何，进退维谷，唯有一死，也算终于获得了真正的自由。

当然，也有诸如被毒死，或者战死等各种猜测。

不管真相如何，容若总是去了，离开了这个曾经给过他快乐和期待，最终却只令他伤怀的红尘世界。这一路，他看似风光无限，锦衣玉食，踏着一条铺好的道路，比起那些坎坷一生，或是颠沛流离的人来说，他该是无比幸运的。但是，命运却和他开了一个如此大的玩笑，上天赐予他的这些，偏不是他心中所想要的。他渴望能够自由洒脱地活着，渴望相依相伴的爱情，渴望那牵了手就能走到地老天荒，知他懂他的爱人。当愿望与现实难以两全时，繁华种种

对于他来说便都成了负累，一道道束缚在他的身上，成了不能呼吸
的痛。

　　　　谁念西风独自凉，萧萧黄叶闭疏窗，沉思往事
　　立残阳。
　　　　被酒莫惊春睡重，赌书消得泼茶香，当时只道
　　是寻常。

　　这首《浣溪沙》中"赌书泼茶"的典故，出自李清照《〈金石录〉
后序》："余性偶强记，每饭罢，坐归来堂，烹茶，指堆积书史，言
某事在某书、某卷、第几页、第几行，以中否，角胜负，为饮茶先后。
中，既举杯大笑，至茶倾覆怀中，反不得饮而起。甘心老是乡矣！"
　　李清照和丈夫赵明诚夫妇俩都同样喜好读书藏书，李清照的记
忆力又强，所以每次饭后一起烹茶的时候，就用比赛的方式决定饮
茶先后。一人问某典故是出自哪本书哪一卷的第几页第几行，对方
答中先喝。可是赢者往往因为太过开心，反而将茶水洒了一身。成
为流传至今的千古佳话。
　　试想，读书本已是雅事，而相知相惜的二人更是在日常中用"赌
书"增添生活情趣，即使不慎将茶泼了，仍然兴致不减，余下满身清香，
可以看出李清照、赵明诚夫妇之间美满的爱情和高雅的生活情趣。
　　容若想要的大约就是这样的生活吧。轻推书室的雕花木门，浩
如烟海的斑斓映入眼帘，清新独特的纸墨香携同历史智慧的厚重感

扑面而来，他静坐读书，身边有她相伴，偶尔目光相碰，温柔含笑。暖风拂过，轻掀书页一角，微露泛黄的纸页，发出"哗哗"声。阳光斜射进书室的角落，在地面上投射出成双的影子。清茶小茗，掩卷小憩，岁月静好，幸福悠长。

若有来生，信步红尘，不知容若会选择什么样的生活？我想，应该是不愿再徘徊游走于这迷津万丈的名利场吧？世人都愿飞黄腾达，名利加身，却只有亲身经历，方知其中苦乐甘甜。心若不在宦海，志若不达青云，诚不如出生在一个平凡却又和美的小家庭，天高地阔，自由翱翔。

想到这里，不禁对于上天过早收回这才华横溢的生命而生出的一丝遗憾感，也感到释然了。依稀中，仿佛看到手中书卷，渐渐凝成如画面般的剪影。容若与挚爱的妻子，终能在等待中穿越过生死的距离，重新将手牵到了一起，这一途奈何桥，相伴而走，来世定能相约，共赴白头。

（四）烟花易冷

嫣然泪，落相思，悠悠归何处。多情种，无情水，错落人间梦。孤芳世，惊鸿舞，宿命难求终。纳兰容若与仓央嘉措，他们的生命都如烟花般短暂而又绚丽。他们只在这尘世中行走了匆匆数年，然后便如流星陨落天边，但那曾来过的光辉，却始终不曾散去，照亮了从古至今多少人的心扉。难怪有人说，再多的赞美，也形容不了纳兰容若的绝世芳华；再多的故事也道不完仓央嘉措的生命传奇三百年来，唯此二人而已。

时光总是那样匆忙，与一本好书，与一个知己邂逅，却是这如梦的韶光中最为璀璨的明灯。看惯了聚散无常，岁月变迁，但有时，其实只是在一个斜阳洒落的午后，读上一段能够打动自己的文字，怀想着那星辰般的身影，便忽然觉得心中柔软起来。那心上角落里，好似有根琴弦被轻轻拨动，慢慢流淌成了一首悠扬清远的歌曲。

人生中，能有多少美好的过往？即便是一首写满伤怀的调子，也总能在收尾处品出些许错落不同的韵致。真正美好的事物不会随着时光流转而消散，只是遗落在了忙碌功利的日子里。

那些不经意的回眸中，将早已写定的故事，淡然品味，坐在红尘的深处，揽一怀浓浓的月色，和着疏风清影，捻起如莲的心事，化成一缕轻尘。逝水流年，花落成阵，独守一纸墨染，瘦笔如花，书写一段段眷恋如昔。

仓央嘉措，那炙烫心扉却又无法放手的爱情到来时，他也不过是凡尘的一个普通人，一样会为爱痴狂，一样会深深沉沦。只是，他不能摆脱那个宿命的身份，和与之相对的沉重负累与责任。所以他只好将爱写进诗里，尽管自己的内心是那样的痛彻肺腑，是那样的矛盾，是那样的无奈。

纳兰容若，那出生显贵的公子，宰相之子，一等御前侍卫，一个集万千宠爱于一身而内心伤痕累累的清代词人。他虽有着显赫的光环，功名利禄都摆在眼前，然而，他心中渴求的却是永恒真挚的爱情。与所爱之人的生离死别，数度错身，诗词中充满了浓浓的忧伤与无尽的哀愁。

对这两位高高在上的男子来说，那些繁华富贵，却成了最大的束缚。仿佛都是梅花落下，这两个寂寞的男人，眉目如画，却是浓得化不开的忧愁。纵使相隔天涯，纵使一个身处繁华京城，一个远在雪域高原，但心愿皆同。都说自由如风，若能化作天边一缕晨风，这两个孤单的灵魂，也许就能找到个得以安放的驿站。这种渴望，没有经历过的人必然不会懂得。

方文山在《烟花易冷》的歌词中，写下这样几句——

　　繁华声 遁入空门
　　折煞了世人
　　梦偏冷 辗转一生
　　情债又几本

如你默认 生死枯等
枯等一圈 又一圈的年轮

千年后 累世情深
还有谁在等
而青史 岂能不真
魏书洛阳城
如你在跟 前世过门
跟着红尘 跟随我
浪迹一生

　　一直很喜欢方文山的词，他的词仿佛一幅水墨长卷，将一个个纠缠的故事，一段段缠绵的情意，一笔笔描绘在了眼前。那落笔的繁华，仿佛在千年之外，即便遁入了空门，情缘千丈，又怎可一笔勾销？即便参悟了生死，看淡了春秋，却难了悟那轮回了千百世的情。前世今生，了却了守候，却漂泊在了天涯。

　　那些真实出现在历史尘埃中的身影，撰写下的传说似乎并没随着时间而淡去，反而更加清晰且鲜明。时光远去，芬芳依旧，拈花在手，顺着时光长河逆流而上，从永不凋谢的字里行间去品读他们的人生。

　　从何时起，发现自己已成了一个看戏人，坐在浮生起落的戏台前，品着唇齿间流连的袅袅香茗，沉淀下来去匆忙、患得患失的躁动，看别人的聚散悲喜，然后在这出名为人生的戏剧中被感动，一梦方醒，才发觉已然泪流满面。

（五）结语

其实在很多书中，都早就把仓央嘉措和纳兰容若这两个人物相提并论。比较的话已经说了太多，但无可厚非的追寻两人脚步的过程，当仓央嘉措与纳兰容若的诗境与词境交融，更是个心灵涤荡的洗礼。无论是"人生若只如初见"的辛酸叹息，或是"不负如来不负卿"的祈愿，都难掩那风华绝代下，一滴凡尘泪。

我们毕竟都只是凡人，不可能如佛一般睿智得看透了七情六欲，心如止水。情，对于每个人来说，必然是一道逃不过的劫，只是有深有浅，有苦有乐。上苍果然对于每个人都是公平的，给了风华与才情，可能无法难全，就成为了一个必然。

人生终有长短，我更宁愿在这短暂的花开年华里，能够随心所欲地只做自己。不问因果，不问前尘，就算会零落成泥，就算会预知随风的结局，也好过只能眼睁睁错过，却无法握住想要的、珍视的所有。

有时我会想，文字，不仅是记录心情，而且总是最好的纪念，将那些曾经的过往，一点一滴写在纸上，就像刻在了记忆中。于是，喜欢上了这种方式，无论是记录着自己的，还是别人的足迹，心中总都是欢喜的。

也许，有时也会迷失在一场无果的萍聚，或是一段庸俗的忙碌之中，忘记了如昨的心境，但每当翻开这些文字，就像是点亮了一盏心灯，总会指引我们走向心底最深的宁静，没有喧嚣，没有纷扰。戏里，我们沉醉地唱着主角；戏外，我们清醒地看遍浮生。生活就是如此，轮回就是如此，今生短暂，唯愿入梦，与幸福相逢。

附录

纳兰性德生平

纳兰性德于顺治十一年十二月十二日（公元 1655 年 1 月 19 日）降生在北京，其父是康熙时期权倾朝野的宰相明珠，母亲爱新觉罗氏为英亲王阿济格第五女，一品诰命夫人。

17 岁入太学读书，为国子监祭酒徐文元赏识，推荐给其兄内阁学士、礼部侍郎徐乾学。

18 岁参加顺天府乡试，考中举人。

19 岁准备参加会试，但因病没能参加殿试。尔后数年中他便发奋研读，并拜徐乾学为师。在名师的指导下，他在两年中主持编纂了一部 1792 卷的儒学汇编——《通志堂经解》，受到皇上的赏识，也为今后发展打下了基础。他又把熟读经史过程中的见闻和学友传述记录整理成文，用三四年时间编成四卷集《渌水亭杂识》，其中包含历史、地理、天文、历算、佛学、音乐、文学、考证等方面知识，表现出他相当广博的学识基础和各方面的意趣爱好。

20 岁娶两广总督卢兴祖之女为妻，赐淑人。

22 岁再次参加进士考试，以优异成绩考中二甲第七名。康熙皇帝授他三等侍卫的官职，以后升为二等，再升为一等。

23 岁卢氏因产后受寒而亡，这给纳兰性德造成极大痛苦，从此

"悼亡之吟不少，知己之恨尤深"。后又续娶官氏，并有侧室颜氏。

24 岁他把自己的词作编选成集，名为《侧帽集》，后更名为《饮水词》，再后有人将两部词集增遗补缺，共 342 首，编辑一处，名为《纳兰词》。

30 岁在好友顾贞观的帮助下，纳江南才女沈宛为外室。

31 岁病逝。

对纳兰性德的评价

顾贞观：容若天资超逸，悠然尘外，所为乐府小令，婉丽凄清，使读者哀乐不知所主，如听中宵梵呗，先凄惋而后喜悦。

顾贞观：容若词一种凄忱处，令人不能卒读，人言愁，我始欲愁。

陈维嵩：饮水词哀感顽艳，得南唐二主之遗。

周之琦：纳兰容若，南唐李重光后身也。予谓重光天籁也，恐非人力所能及。容若长调多不协律，小令则格高韵远，极缠绵婉约之致，能使残唐坠绪，绝而复续，第其品格，殆叔原、方回之亚乎？

况周颐：容若承平少年，乌衣公子，天分绝高。适承元、明词敝，甚欲推尊斯道，一洗雕虫篆刻之讥。独惜享年不永，力量未充，未能胜起衰之任。其所为词，纯任性灵，纤尘不染，甘受和，白受采，进于沉着浑至何难矣。

王国维：纳兰容若以自然之眼观物，以自然之舌言情，此初入中原未染汉人风气，故能真切如此，北宋以来，一人而已！

纳兰性德词选

1. 梦江南

昏鸦尽，小立恨因谁？急雪乍翻香阁絮，轻风吹到胆瓶梅，心字已成灰。

2. 菩萨蛮

萧萧几叶风兼雨，离人偏识长更苦。欹枕数秋天，蟾蜍下早弦。
夜寒惊被薄，泪与灯花落。无处不伤心，轻尘在玉琴。

3. 菩萨蛮

催花未歇花奴鼓，酒醒已见残红舞。不忍覆余觞，临风泪数行。
粉香看又别，空剩当时月。月也异当时，凄清照鬓丝。

4. 菩萨蛮

春云吹散湘帘雨，絮黏蝴蝶飞还住。人在玉楼中，楼高四面风。
柳烟丝一把，暝色笼鸳瓦。休近小阑干，夕阳无限山。

5. 菩萨蛮

隔花才歇帘纤雨，一声弹指浑无语。梁燕自双归，长条脉脉垂。

小屏山色远，妆薄铅华浅。独自立瑶阶，透寒金缕鞋。

6. 菩萨蛮
晶帘一片伤心白，云鬟香雾成遥隔。无语问添衣，桐阴月已西。
西风鸣络纬，不许愁人睡。只是去年秋，如何泪欲流。

7. 临江仙
点滴芭蕉心欲碎，声声催忆当初。欲眠还展旧时书。鸳鸯小
字，犹记手生疏。
倦眼乍低缃帙乱，重看一半模糊。幽窗冷雨一灯孤。料应情
尽，还道有情无？

8. 临江仙
昨夜个人曾有约，严城玉漏三更。一钩新月几疏星。夜阑犹
未寝，人静鼠窥灯。
原是瞿唐风间阻，错教人恨无情。小阑干外寂无声。几回肠
断处，风动护花铃。

9. 虞美人
春情只到梨花薄，片片催零落。夕阳何事近黄昏，不道人间
犹有未招魂。
银笺别梦当时句，密绾同心苣。为伊判作梦中人，长向画图
清夜唤真真。

202

10. 虞美人

曲阑深处重相见，匀泪偎人颤。凄凉别后两应同，最是不胜清怨月明中。

半生已分孤眠过，山枕檀痕涴。忆来何事最销魂，第一折枝花样画罗裙。

11. 虞美人

银床淅沥青梧老，屧粉秋蛩扫。采香行处蹙连钱，拾得翠翘何恨不能言。

回廊一寸相思地，落月成孤倚。背灯和月就花阴，已是十年踪迹十年心。

12. 虞美人（秋夕信步）

愁痕满地无人省，露湿琅玕影。闲阶小立倍荒凉，还剩旧时月色在潇湘。

薄情转是多情累，曲曲柔肠碎。红笺向壁字模糊，忆共灯前呵手为伊书。

13. 鬓云松令

枕函香，花径漏。依约相逢，絮语黄昏后。时节薄寒人病酒，铲地梨花，彻夜东风瘦。

掩银屏，垂翠袖。何处吹箫，脉脉情微逗。肠断月明红豆蔻，月似当时，人似当时否？

14. 青衫湿　悼亡

近来无限伤心事,谁与话长更? 从教分付,绿窗红泪,早雁初莺。

当时领略,而今断送,总负多情。忽疑君到,漆灯风飐,痴数春星。

15. 沁园春

丁巳重阳前三日,梦亡妇淡妆素服,执手哽咽,语多不复能记。但临别有云:"衔恨愿为天上月,年年犹得向郎圆。"妇素未工诗,不知何以得此也,觉后感赋。

瞬息浮生,薄命如斯,低徊怎忘。记绣榻闲时,并吹红雨;雕阑曲处,同倚斜阳。梦好难留,诗残莫读,赢得更深哭一场。遗容在,只灵飙一转,未许端详。

重寻碧落茫茫。料短发朝来定有霜。便人间天上,尘缘未断;春花秋叶,触绪还伤。欲结绸缪,翻惊摇落,减尽荀衣昨日香。真无奈,倩声声邻笛,谱出回肠。

16. 鹧鸪天　七月初四夜风雨,其明日是亡妇生辰

尘满疏帘素带飘,真成暗度可怜宵。几回偷拭青衫泪,忽傍犀奁见翠翘。

惟有恨,转无聊。五更依旧落花朝。衰杨叶尽丝难尽,冷雨凄风打画桥。

17. 南乡子　为亡妇题照

泪咽却无声,只向从前悔薄情,凭仗丹青重省识。盈盈。一片伤心画不成。

别语忒分明。午夜鹣鹣梦早醒。卿自早醒侬自梦，更更。泣尽风檐夜雨铃。

18. 金缕曲　亡妇忌日有感

此恨何时已。滴空阶、寒更雨歇，葬花天气。三载悠悠魂梦杳，是梦久应醒矣。料也觉、人间无味。不及夜台尘土隔，冷清清、一片埋愁地。钗钿约，竟抛弃。

重泉若有双鱼寄。好知他、年来苦乐，与谁相倚。我自中宵成转侧，忍听湘弦重理。待结个、他生知已。还怕两人俱薄命，再缘悭、剩月零风里。清泪尽，纸灰起。

19. 蝶恋花

辛苦最怜天上月，一夕如环，夕夕都成玦。若似月轮终皎洁，不辞冰雪为卿热。

无那尘缘容易绝，燕子依然，软踏帘钩说。唱罢秋坟愁未歇，春丛认取双栖蝶。

20. 蝶恋花

又到绿杨曾折处，不语垂鞭，踏遍清秋路。衰草连天无意绪，雁声远向萧关去。

不恨天涯行役苦，只恨西风，吹梦成今古。明日客程还几许，沾衣况是新寒雨。

21. 山花子

林下荒苔道韫家,生怜玉骨委尘沙。愁向风前无处说,数归鸦。

半世浮萍随逝水,一宵冷雨葬名花。魂是柳绵吹欲碎,绕天涯。

22. 清平乐

凄凄切切,惨淡黄花节。梦里砧声浑未歇,那更乱蛩悲咽。

尘生燕子空楼,抛残弦索床头。一样晓风残月,而今触绪添愁。

23. 清平乐

风鬈雨鬓,偏是来无准。倦倚玉兰看月晕,容易语低香近。

软风吹过窗纱,心期便隔天涯。从此伤春伤别,黄昏只对梨花。

24. 如梦令

正是辘轳金井,满砌落花红冷。蓦地一相逢,心事眼波难定。谁省,谁省。从此簟纹灯影。

25. 如梦令

黄叶青苔归路,屧粉衣香何处。消息竟沉沉,今夜相思几许。秋雨,秋雨,一半因风吹去。

26. 如梦令

纤月黄昏庭院,语密翻教醉浅。知否那人心? 旧恨新欢相半。谁见? 谁见? 珊枕泪痕红沍。

27. 采桑子

彤霞久绝飞琼字，人在谁边。人在谁边，今夜玉清眠不眠。
香销被冷残灯灭，静数秋天。静数秋天，又误心期到下弦。

28. 采桑子

谁翻乐府凄凉曲？风也萧萧，雨也萧萧，瘦尽灯花又一宵。
不知何事萦怀抱，醒也无聊，醉也无聊，梦也何曾到谢桥。

29. 采桑子

冷香萦遍红桥梦，梦觉城笳。月上桃花，雨歇春寒燕子家。
箜篌别后谁能鼓，肠断天涯。暗损韶华，一缕茶烟透碧纱。

30. 采桑子

桃花羞作无情死，感激东风。吹落娇红，飞入窗间伴懊侬。
谁怜辛苦东阳瘦，也为春慵。不及芙蓉，一片幽情冷处浓。

31. 采桑子

海天谁放冰轮满，惆怅离情。莫说离情，但值良宵总泪零。
只应碧落重相见，那是今生。可奈今生，刚作愁时又忆卿。

32. 采桑子

拨灯书尽红笺也，依旧无聊。玉漏迢迢，梦里寒花隔玉箫。
几竿修竹三更雨，叶叶萧萧。分付秋潮，莫误双鱼到谢桥。

33. 采桑子

凉生露气湘弦润，暗滴花梢。帘影谁摇，燕蹴风丝上柳条。

舞余镜匣开频掩，檀粉慵调。朝泪如潮，昨夜香衾觉梦遥。

34. 采桑子

土花曾染湘娥黛，铅泪难消。清韵谁敲，不是犀椎是凤翘。

只应长伴端溪紫，割取秋潮。鹦鹉偷教，方响前头见玉箫。

35. 采桑子

白衣裳凭朱阑立，凉月趖西。点鬓霜微，岁晏知君归不归。

残更目断传书雁，尺素还稀。一味相思，准拟相看似旧时。

36. 采桑子

谢家庭院残更立，燕宿雕梁。月度银墙，不辨花丛那辨香？

此情已自成追忆，零落鸳鸯。雨歇微凉，十一年前梦一场。

37. 采桑子

而今才道当时错，心绪凄迷。红泪偷垂，满眼春风百事非。

情知此后来无计，强说欢期。一别如斯，落尽犁花月又西。

38. 画堂春

一生一代一双人，争教两处销魂。相思相望不相亲，天为谁春？

浆向蓝桥易乞，药成碧海难奔。若容相访饮牛津，相对忘贫。

39. 落花时

夕阳谁唤下楼梯，一握香荑。回头忍笑阶前立，总无语，也依依。

笺书直恁无凭据，休说相思。劝伊好向红窗醉，须莫及，落花时。

40. 河传

春浅，红怨。掩双环，微雨花间画闲。无言暗将红泪弹。阑珊，香销轻梦还。

斜倚画屏思往事，皆不是，空作相思字。记当时，垂柳丝，花枝，满庭蝴蝶儿。

41. 浣溪沙

记绾长条欲别难。盈盈自此隔银湾。便无风雪也摧残。

青雀几时裁锦字，玉虫连夜剪春幡。不禁辛苦况相关。

42. 浣溪沙

谁念西风独自凉，萧萧黄叶闭疏窗。沉思往事立残阳。

被酒莫惊春睡重，赌书消得泼茶香。当时只道是寻常。

43. 浣溪沙

莲漏三声烛半条，杏花微雨湿轻绡，那将红豆寄无聊？

春色已看浓似酒，归期安得信如潮，离魂入夜倩谁招？

44. 浣溪沙

风髻抛残秋草生。高梧湿月冷无声。当时七夕记深盟。

信得羽衣传钿合，悔教罗袜葬倾城。人间空唱雨淋铃。

45. 浣溪沙

一半残阳下小楼，朱帘斜控软金钩。倚栏无绪不能愁。

有个盈盈骑马过，薄妆浅黛亦风流。见人羞涩却回头。

46. 摊破浣溪沙

风絮飘残已化萍，泥莲刚倩藕丝萦；珍重别拈香一瓣，记前生。

人到情多情转薄，而今真个悔多情；又到断肠回首处，泪偷零。

47. 相见欢

落花如梦凄迷，麝烟微，又是夕阳潜下小楼西。

愁无限，消瘦尽，有谁知？闲教玉笼鹦鹉念郎诗。

48. 减字木兰花

烛花摇影，冷透疏衾刚欲醒。待不思量，不许孤眠不断肠。

茫茫碧落，天上人间情一诺。银汉难通，稳耐风波愿始从。

49. 减字木兰花

相逢不语，一朵芙蓉著秋雨。小晕红潮，斜溜鬖心只凤翘。

待将低唤，直为凝情恐人见。欲诉幽怀，转过回阑叩玉钗。

50. 木兰花令 拟古决绝词

人生若只如初见，何事秋风悲画扇？等闲变却故人心，却道故人心易变。

骊山语罢清宵半，泪雨零铃终不怨。何如薄幸锦衣郎，比翼连枝当日愿。

51. 浪淘沙

夜雨做成秋，恰上心头，教他珍重护风流。端的为谁添病也，更为谁羞？

密意未曾休，密愿难酬。珠帘四卷月当楼。暗忆欢期真似梦，梦也须留。

52. 浪淘沙

红影湿幽窗，瘦尽春光。雨余花外却斜阳。谁见薄衫低髻子，抱膝思量。

莫道不凄凉，早近持觞。暗思何事断人肠。曾是向他春梦里，瞥遇回廊。

53. 鹧鸪天 离恨

背立盈盈故作羞，手挼梅蕊打肩头。欲将离恨寻郎说，待得郎归恨却休。

云澹澹，水悠悠，一声横笛锁空楼。何时共泛春溪月，断岸垂杨一叶舟。

54. 生查子

东风不解愁，偷展湘裙衩。独夜背纱笼，影著纤腰画。

爇尽水沉烟，露滴鸳鸯瓦。花骨冷宜香，小立樱桃下。

55. 生查子

惆怅彩云飞，碧落知何许？不见合欢花，空倚相思树。

总是别时情，那得分明语。判得最长宵，数尽厌厌雨。

56. 荷叶杯

知己一人谁是？已矣。赢得误他生。有情终古似无情，别语悔分明。

莫道芳时易度，朝暮。珍重好花天。为伊指点再来缘，疏雨洗遗钿。

57. 忆江南 宿双林禅院有感

心灰尽，有发未全僧。风雨消磨生死别，似曾相识只孤檠，情在不能醒。

摇落后，清吹那堪听。淅沥暗飘金井叶，乍闻风定又钟声，薄福荐倾城。

58. 玉连环影

何处几叶萧萧雨。湿尽檐花，花底人无语。掩屏山，玉炉寒。谁见两眉愁聚倚阑干。

59. 浣溪沙

消息谁传到拒霜？两行斜雁碧天长，晚秋风景倍凄凉。

银蒜押帘人寂寂，玉钗敲烛信茫茫。黄花开也近重阳。

60. 浣溪沙

谁道飘零不可怜，旧游时节好花天，断肠人去自经年。

一片晕红才著雨，几丝柔绿乍和烟。倩魂销尽夕阳前。

61. 南乡子

烟暖雨初收，落尽繁花小院幽。摘得一双红豆子，低头，说著分携泪暗流。

人去似春休，卮酒曾将酹石尤。别自有人桃叶渡，扁舟，一种烟波各自愁。

62. 天仙子

月落城乌啼未了，起来翻为无眠早。薄霜庭院怯生衣，心悄悄，红阑绕，此情待共谁人晓？

63. 蝶恋花

眼底风光留不住，和暖和香，又上雕鞍去。欲倩烟丝遮别路，垂杨那是相思树。

惆怅玉颜成间阻，何事东风，不作繁华主。断带依然留乞句，斑骓一系无寻处。

64. 谒金门

风丝袅，水浸碧天清晓。一镜湿云清未了，雨晴春草草。

梦里轻螺谁扫。帘外落花红小。独睡起来情悄悄，寄愁何处好？

金人捧露盘 净业寺观莲，有怀荪友。

藕风轻，莲露冷，断虹收，正红窗、初上帘钩。田田翠盖，趁斜阳鱼浪香浮。此时画阁垂杨岸，睡起梳头。

旧游踪，招提路，重到处，满离忧。想芙蓉湖上悠悠。红衣狼藉，卧看桃叶送兰舟。午风吹断江南梦，梦里菱讴。

65. 梦江南

新来好，唱得虎头词。一片冷香惟有梦，十分清瘦更无诗。标格早梅知。

66. 清平乐 忆梁汾

才听夜雨，便觉秋如许。绕砌蛩螀人不语，有梦转愁无据。

乱山千叠横江，忆君游倦何方。知否小窗红烛。照人此夜凄凉。

67. 金缕曲 慰西溟

何事添凄咽？但由他、天公簸弄，莫教磨涅。失意每多如意少，终古几人称屈。须知道、福因才折。独卧藜床看北斗，背高城、玉笛吹成血。听谯鼓，二更彻。

丈夫未肯因人热，且乘闲、五湖料理，扁舟一叶。泪似秋霖挥不尽，洒向野田黄蝶。须不羡、承明班列。马迹车尘忙未了，任西风、吹冷长安月。又萧寺，花如雪。

68. 金缕曲·姜西溟言别，赋此赠之

谁复留君住？叹人生、几翻离合，便成迟暮。最忆西窗同翦烛，却话家山夜雨。不道只、暂时相聚。衮衮长江萧萧木，送遥天、白雁哀鸣去。黄叶下，秋如许。

日归因甚添愁绪。料强似、冷烟寒月，栖迟梵宇。一事伤心君落魄，两鬓飘萧未遇。有解忆、长安儿女。裘散入门空太息，信古来、才命真相负。身世恨，共谁语。

69. 点绛唇

小院新凉，晚来顿觉罗衫薄。不成孤酌，形影空酬酢。

萧寺怜君，别绪应萧索。西风恶，夕阳吹角，一阵槐花落。

70. 百字令 宿汉儿村

无情野火，趁西风烧遍、天涯芳草。榆塞重来冰雪里，冷入鬓丝吹老。牧马长嘶，征笳乱动，并入愁怀抱。定知今夕，庾郎瘦损多少。

便是脑满肠肥，尚难消受，此荒烟落照。何况文园憔悴后，非复酒垆风调。回乐峰寒，受降城远，梦向家山绕。茫茫百感，凭高唯有清啸。

71. 浣溪沙

欲寄愁心朔雁边，西风浊酒惨离颜。黄花时节碧云天。
古戍烽烟迷斥堠，夕阳村落解鞍鞯。不知征战几人还。

215

72. 浣溪沙

身向云山那畔行。北风吹断马嘶声。深秋远塞若为情。

一抹晚烟荒戍垒，半竿斜日旧关城。古今幽恨几时平。

73. 浣溪沙

已惯天涯莫浪愁，寒云衰草渐成秋。漫因睡起又登楼。

伴我萧萧惟代马，笑人寂寂有牵牛。劳人只合一生休。

74. 浣溪沙

万里阴山万里沙，谁将绿鬓斗霜华。年来强半在天涯。

魂梦不离金屈戍，画图亲展玉鸦叉。生怜瘦减一分花。

75. 浣溪沙

杨柳千条送马蹄，北来征雁旧南飞，客中谁与换春衣。

终古闲情归落照，一春幽梦逐游丝，信回刚道别多时。

76. 相见欢

微云一抹遥峰，冷溶溶，恰与个人清晓画眉同。

红蜡泪，青绫被，水沉浓，却与黄茅野店听西风。

77. 南歌子 古戍

古戍饥乌集，荒城野雉飞。何年劫火剩残灰，试看英雄碧血，
满龙堆。

玉帐空分垒，金笳已罢吹。东风回首尽成非，不道兴亡命也，

岂人为。

78. 浪淘沙 望海

蜃阙半模糊,踏浪惊呼。任将蠡测笑江湖。沐日光华还浴月,我欲乘桴。

钓得六鳌无?竿拂珊瑚。桑田清浅问麻姑。水气浮天天接水,那是蓬壶?

79. 好事近

马首望青山,零落繁华如此。再向断烟衰草,认藓碑题字。

休寻折戟话当年,只洒悲秋泪。斜日十三陵下,过新丰猎骑。

80. 采桑子 九日

深秋绝塞谁相忆,木叶萧萧。乡路迢迢。六曲屏山和梦遥。

佳时倍惜风光别,不为登高。只觉魂销。南雁归时更寂寥。

81. 南楼令 塞外重九

古木向人秋,惊蓬掠鬓稠。是重阳、何处堪愁。记得当年惆怅事,正风雨,下南楼。

断梦几能留,香魂一哭休。怪凉蝉、空满衾稠。霜落乌啼浑不睡,偏想出,旧风流。

82. 点绛唇 黄花城早望

五夜光寒,照来积雪平于栈。西风何限,自起披衣看。

对此茫茫，不觉成长叹。何时旦，晓星欲散，飞起平沙雁。

83. 蝶恋花 出塞

今古河山无定拒。画角声中，牧马频来去。满目荒凉谁可语？西风吹老丹枫树。

从前幽怨应无数。铁马金戈，青冢黄昏路。一往情深深几许？深山夕照深秋雨。

84. 长相思

山一程，水一程，身向逾关那畔行，夜深千帐灯。

风一更，雪一更，聒碎乡心梦不成，故园无此声。

85. 如梦令

万帐穹庐人醉，星影摇摇欲坠。归梦隔狼河，又被河声搅碎。还睡，还睡，解道醒来无味。

86. 菩萨蛮

朔风吹散三更雪，倩魂犹恋桃花月。梦好莫催醒，由他好处行。

无端听画角，枕畔红冰薄。塞马一声嘶，残星拂大旗。

87. 菩萨蛮

为春憔悴留春住，那禁半霎催归雨。深巷卖樱桃，雨余红更娇。

黄昏清泪阁，忍共花飘泊。消得一声莺，东风三月情。

88. 菩萨蛮

问君何事轻离别,一年能几团圆月。杨柳乍如丝,故园春尽时。

春归归不得,两桨松花隔。旧事逐寒潮,啼鹃恨未消。

89. 菩萨蛮

榛荆满眼山城路,征鸿不为愁人住。何处是长安,湿云吹雨寒。

丝丝心欲碎,应是悲秋泪。泪向客中多,归时又奈何。

90. 菩萨蛮

黄云紫塞三千里,女墙西畔啼乌起。落日万山寒,萧萧猎马还。

笳声听不得,入夜空城黑。秋梦不归家,残灯落碎花。

91. 清平乐

烟轻雨小,望里青难了。一缕断虹垂树杪,又是乱山残照。

凭高目断征途,暮云千里平芜。日夜河流东下,锦书应托双鱼。

92. 清平乐 发汉儿村题壁

参横月落,客绪从谁托。望里家山云漠漠,似有红楼一角。

不如意事年年,消磨绝塞风烟。输与五陵公子,此时梦绕花前。

93. 清平乐 弹琴峡题壁

泠泠彻夜,谁是知音者?如梦前朝何处也,一曲边愁难写。

极天关塞云中,人随雁落西风。唤取红襟翠袖,莫教泪洒英雄。

94. 鹧鸪天

谁道阴山行路难。风毛雨血万人欢。松梢露点沾鹰绁，芦叶溪深没马鞍。

依树歇，映林看。黄羊高宴簇金盘。萧萧一夕霜风紧，却拥貂裘怨早寒。

95. 鹧鸪天

别绪如丝睡不成，那堪孤枕梦边城。因听紫塞三更雨，却忆红楼半夜灯。

书郑重，恨分明，天将愁味酿多情。起来呵手封题处，偏到鸳鸯两字冰。

96. 鹧鸪天

雁贴寒云次第飞，向南犹自怨归迟。谁能瘦马关山道，又到西风扑鬓时。

人杳杳，思依依，更无芳树有乌啼。凭将扫黛窗前月，持向今朝照别离。

97. 生查子

短焰剔残花，夜久边声寂。倦舞却闻鸡，暗觉青绫湿。

天水接冥蒙，一角西南白。欲渡浣花溪，远梦轻无力。

98. 满庭芳

堠雪翻鸦，河冰跃马，惊风吹度龙堆。阴磷夜泣，此景总堪悲。待向中宵起舞，无人处、那有村鸡。只应是，金笳暗拍，一样泪沾衣。

须知今古事，棋枰胜负，翻覆如斯。叹纷纷蛮触，回首成非。剩得几行青史，斜阳下、断碣残碑。年华共，混同江水，流去几时回。

99. 踏莎行

倚柳题笺，当花侧帽，赏心应比驱驰好。错教双鬓受东风，看吹绿影成丝早。

金殿寒鸦，玉阶春草，就中冷暖和谁道？小楼明月镇长闲，人生何事缁尘老。

100. 浣溪沙

十里湖光载酒游，青帘低映白蘋洲。西风听彻采菱讴。

沙岸有时双袖拥，画船何处一竿收。归来无语晚妆楼。

101. 渔父

收却纶竿落照红，秋风宁为蒻芙蓉。

人淡淡，水蒙蒙，吹入芦花短笛中。

102. 点绛唇 咏风兰

别样幽芬，更无浓艳催开处。凌波欲去，且为东风住。

忒煞萧疏，怎耐秋如许？还留取，冷香半缕，第一湘江雨。

103. 眼儿媚 咏梅

莫把琼花比澹妆，谁似白霓裳。别样清幽，自然标格，莫近东墙。

冰肌玉骨天分付，兼付与凄凉。可怜遥夜，冷烟和月，疏影横窗。

104. 临江仙 孤雁

霜冷离鸿惊失伴，有人同病相怜。拟凭尺素寄愁边，愁多书屡易，双泪落灯前。

莫对月明思往事，也知消减年年。无端嘹唳一声传，西风吹只影，刚是早秋天。

105. 卜算子 新柳

娇软不胜垂，瘦怯那禁舞。多事年年二月风，翦出鹅黄缕。

一种可怜生，落日和烟雨。苏小门前长短条，即渐迷行处。

106. 临江仙 寒柳

飞絮飞花何处是？层冰积雪摧残。疏疏一树五更寒。爱他明月好，憔悴也相关。

最是繁丝摇落后，转教人忆春山。湔裙梦断续应难。西风多少恨，吹不散眉弯。

107. 采桑子

非关癖爱轻模样，冷处偏佳。别有根芽，不是人间富贵花。

222

谢娘别后谁能惜，飘泊天涯。寒月悲笳，万里西风瀚海沙。

108. 减字木兰花 新月

晚妆欲罢，更把纤眉临镜画。准待分明，和雨和烟两不胜。

莫教星替，守取团圆终必遂。此夜红楼，天上人间一样愁。

109. 望江南 咏弦月

初八月，半镜上青霄。斜倚画阑娇不语，暗移梅影过红桥，裙带北风飘。

110. 浣溪沙 姜女庙

海色残阳影断霓，寒涛日夜女郎祠。翠钿尘网上蛛丝。

澄海楼高空极目，望夫石在且留题。六王如梦祖龙非。

111. 浣溪沙

红桥怀古，和王阮亭韵无恙年年汴水流。一声水调短亭秋。旧时明月照扬州。

曾是长堤牵锦缆，绿杨清瘦至今愁。玉钩斜路近迷楼。

112. 于中好 咏史

马上吟成促渡江，分明闲气属闺房。生憎久闭金铺暗，花冷回心玉一床。

添哽咽，足凄凉。谁教生得满身香。只今西海年年月，犹为萧家照断肠。

113. 采桑子

那能寂寞芳菲节，欲话生平。夜已三更。一阕悲歌泪暗零。

须知秋叶春花促，点鬓星星。遇酒须倾，莫问千秋万岁名。

114. 点降唇

一种蛾眉，下弦不似初弦好。庚郎未老，何事伤心早？

素壁斜辉，竹影横窗扫。空房悄，乌啼欲晓，又下西楼了。

115. 朝中措

蜀弦秦柱不关情，尽日掩云屏。已惜轻翎退粉，更嫌弱絮为萍。

东风多事，余寒吹散，烘暖微醒。看尽一帘红雨，为谁亲系花铃？

116. 天仙子 渌水亭秋夜

水浴凉蟾风入袂，鱼鳞触损金波碎。好天良夜酒盈樽，心自醉，愁难睡，西南月落城乌起。

117. 浣溪沙

残雪凝辉冷画屏。落梅横笛已三更，更无人处月胧明。

我是人间惆怅客，知君何事泪纵横。断肠声里忆平生。

118. 浣溪沙

伏雨朝寒悉不胜，那能还傍杏花行。去年高摘斗轻盈。

漫惹炉烟双袖紫，空将酒晕一衫青。人间何处问多情。

119. 虞美人

残灯风灭炉烟冷，相伴唯孤影。判叫狼藉醉清樽，为问世间醒眼是何人。

难逢易散花间酒，饮罢空搔首。闲愁总付醉来眠，只恐醒时依旧到樽前。

120. 风流子　秋郊射猎

平原草枯矣，重阳后，黄叶树骚骚。记玉勒青丝，落花时节，曾逢拾翠，忽听吹箫。今来是、烧痕残碧尽，霜影乱红凋。秋水映空，寒烟如织，皂雕飞处，天惨云高。

人生须行乐，君知否。容易两鬓萧萧。自与东君作别，划地无聊。算功名何许，此身博得，短衣射虎，沽酒西郊。便向夕阳影里，倚马挥毫。

121. 清平乐

将愁不去，秋色行难住。六曲屏山深院宇，日日风风雨雨。
雨晴篱菊初香，人言此日重阳。回首凉云暮叶，黄昏无限思量。

122. 琵琶仙　中秋

碧海年年，试问取、冰轮为谁圆缺？吹到一片秋香，清辉了如雪。愁中看好天良夜，知道尽成悲咽。只影而今，那堪重对，旧时明月。

花径里、戏捉迷藏，曾惹下萧萧井梧叶。记否轻纨小扇，又几番凉热。只落得、填膺百感，总茫茫、不关离别。一任紫玉无

225

情，夜寒吹裂。

123. 菩萨蛮

晓寒瘦著西南月，丁丁漏箭余香咽。春已十分宜，东风无是非。

蜀魂羞顾影，玉照斜红冷。谁唱《后庭花》，新年忆旧家。

124. 鹧鸪天

独背残阳上小楼，谁家玉笛韵偏幽。一行白雁遥天暮，几点黄花满地秋。

惊节序，叹沉浮，秾华如梦水东流。人间所事堪惆怅，莫向横塘问旧游。

125. 于中好

小构园林寂不哗，疏篱曲径仿山家。昼长吟罢风流子，忽听楸枰响碧纱。

添竹石，伴烟霞。拟凭尊酒慰年华。休嗟髀里今生肉，努力春来自种花。

126. 水调歌头 题西山秋爽图

空山梵呗静，水月影俱沈。悠然一境人外，都不许尘侵。岁晚忆曾游处，犹记半竿斜照，一抹映疏林。绝顶茅庵里，老衲正孤吟。

云中锡，溪头钓，涧边琴。此生著岁两屐，谁识卧游心。准拟乘风归去，错向槐安回首，何日得投簪。布袜青鞋约，但向画图寻。

127. 明月棹孤舟 海淀

一片亭亭空凝伫。趁西风霓裳偏舞。白鸟惊飞，菰蒲叶乱，断续浣纱人语。

丹碧驳残秋夜雨。风吹去采菱越女。辘轳声断，昏鸦欲起，多少博山情绪。

128. 昭君怨

暮雨丝丝吹湿，倦柳愁荷风急。瘦骨不禁秋，总成愁。
别有心情怎说。未是诉愁时节。谯鼓已三更，梦须成。

129. 赤枣子

风淅淅，雨织织。难怪春愁细细添。记不分明疑是梦，梦来还隔一重帘。

130. 临江仙

丝雨如尘云著水，嫣香碎拾吴宫。百花冷暖避东风，酷怜娇易散，燕子学偎红。

人说病宜随月减，恹恹却与春同。可能留蝶抱花丛，不成双梦影，翻笑杏梁空。

131. 酒泉子

谢却荼蘼，一片月明如水。篆香消，犹未睡，早鸦啼。
嫩寒无赖罗衣薄，休傍阑干角。最愁人，灯欲落，雁还飞。

仓央嘉措生平

1682 年 2 月 25 日，五世达赖喇嘛阿旺罗桑嘉措（被清政府册封为"西天大慈自在佛所领天下释教普通瓦赤喇怛喇达赖喇嘛"）在刚刚重建好的布达拉宫与世长辞了。五世达赖的亲信弟子桑结嘉措，根据罗桑嘉措的心愿和当时西藏的局势，秘不发丧，隐瞒了僧侣大众和当时的康熙皇帝，时间之长达 15 年之久。并且在保守秘密的同时，也开始了秘密查访五世达赖的转世灵童的工作。

1683 年（藏历水猪年），西藏纳拉活域松（现西藏山南县）地方的一个普通的农民家中诞生了一名男婴。斯时出现了多种瑞兆，预示着这是一个不同凡响的孩子，然而谁也不曾料想到莫测而多厄的命运会伴随着他短促的一生。这名男婴就是后来的六世达赖仓央嘉措（1683—1706），一位在西藏历史上生平迷离，又极具才华，也最受争议的达赖喇嘛。

1696 年，康熙皇帝在平定准噶尔的叛乱中，偶然得知五世达赖已死多年，十分愤怒，并致书严厉责问桑结嘉措。桑结嘉措一方面向康熙承认错误，一面找到多年前寻到隐藏起来的转世灵童。

1697 年（藏历火兔年），仓央嘉措被选定为五世达赖的"转世灵童"，此时仓央嘉措已 14 岁。是年 9 月，自藏南迎到拉萨，途经浪卡子县时，以五世班禅罗桑益西（1663—1737）为师，剃发受沙弥戒，取法名罗桑仁钦仓央嘉措。同年 10 月 25 日，于拉萨布达拉宫举行坐床典礼，成为六世达赖喇嘛。此时的西藏，政局动荡，政治矛盾已到达了极其尖锐的时期。

1701 年（藏历金蛇年），固始汗的曾孙拉藏汗继承汗位，与桑结嘉措的矛盾日益尖锐。

1705 年（藏历木鸡年），桑结嘉措买通汗府内侍，向拉藏汗饮食中下毒，被拉藏汗发觉，双方爆发了战争，桑结嘉措战败被处死。仓央嘉措自然在劫难逃了。事发后，拉藏汗向康熙帝报告桑结嘉措"谋反"事件，并奏称仓央嘉措不守清规，是假达赖，请予"废立"。康熙帝准奏，决定将仓央嘉措解送北京予以废黜。

1706 年（藏历火狗年），仓央嘉措在押解途中，行至青海湖滨时染病去世，按照传统实行天葬。正史就记载到这里。关于他的去向，有着各种各样的版本。

关于仓央嘉措被黜后的命运大致有两种说法：在解送京师的途中，行至青海湖（位于青海省海西藏族自治州）湖畔圆寂。一说病死，一说被杀，没留下尸体，时年仅 25 岁。另一种说法则是，他是舍弃名位，决然遁去，在行至青海湖后，于一个风雪夜失踪。后半生周游印度、尼泊尔、康藏、甘、青、蒙古等处，继续弘扬佛法，后来在阿拉善去世，终年 64 岁。

仓央嘉措作品（于道泉译本[1]）

1

从东边的山尖上，白亮的月儿出来了。

"未生娘"[2]的脸儿，

在心中已渐渐地显现。

2

去年种下的幼苗

今岁已成禾束；

青年老后的体躯，

比南方的弓[3]还要弯。

3

自己的意中人儿，

若能成终身的伴侣，

犹如从大海底中，

得到一件珍宝。

1.此版本来自百度百科，另有曾缄译本，但个人认为，于道泉译本韵味更加足一些。

2. "未生娘"系直译藏文之ma-skyes-a-ma一词，为"少女"之意。

3.制弓所用之竹，乃来自南方不丹等地。

4

邂逅相遇的情人，

是肌肤皆香的女子，

犹如拾了一块白光的松石[1]，

却又随手抛弃了。

5

伟人大官的女儿，

若打量伊美丽的面貌，

就如同高树的尖儿，

有一个熟透的果儿。

6

自从看上了那人，

夜间睡思断了。

因日间未得到手，

想得精神累了吧！

7

花开的时节已过，

"松石蜂儿"[2]并未伤心，

---

1. "松石"乃是藏族人民最喜欢的一种宝石，好的价值数千元。在西藏有好多人相信最好的松石有避邪护身的功用。

2. 据藏族人民说的西藏有两种蜜蜂，一种黄色的叫作黄金蜂gser-sbarng，一种蓝色的叫作松石蜂gyu-sbrang。

同爱人的因缘尽时，
我也不必伤心。

8

草头上严霜的任务[1]，
是作寒风的使者。
鲜花和蜂儿拆散的，
一定就是"它"啊。

9

野鹅同芦苇发生了感情，
虽想少住一会儿。
湖面被冰层盖了以后，
自己的心中乃失望。

10

渡船[2]虽没有心，
马头却向后看我；

1.这一句意义不甚明了，原文中Rtsi-thog一字乃达斯氏《藏英字典》中所无。在库伦印行的一本《藏蒙字典》中有rtstog一字，译作蒙文tuemuesue（禾）。按thog与tos本可通用，故rtsi-tog或即rtsi-thog的另一拼法。但是将rtsi-thog解作（禾）字，这一行的意义还是不明。最后我将rtsi字当作rtswahi字的误写，将kha字当作khag字的误写，乃勉强译出。这样办好像有点过于大。

2.在西藏的船普通有两种：一种是用叫作ko-ba的皮做的，只顺流下行时用。因为船身很轻，到了下游后撑船的可以走上岸去，将船背在背上走到上游再载着客或货往下游航行。另一种叫作gru-shan是木头做的，专作摆渡用。这样的摆渡船普通都在船头上安一个木刻的马头，马头都是安作向后看的样子。

没有信义的爱人，

已不回头看我。

11
我和市上的女子

用三字作的同心结儿，

没用解锥去解，

在地上自己开了。

12
从小爱人的"福幡"[1]

竖在柳树的一边，

看柳树的阿哥自己，

请不要"向上"抛石头。

13
写成的黑色字迹，

已被水和"雨"滴消灭；

未曾写出的心迹，

虽要拭去也无从。

14
嵌的黑色的印章，

1.在西藏各处的屋顶和树梢上边都竖着许多印有梵、藏文咒语的布幡，叫作rlung-bskyed或dar-lcog。藏族人民以为可以借此祈福。

话是不会说的。

请将信义的印儿，

嵌在各人的心上。

15A

有力的蜀葵花儿，

"你"若去作供佛的物品，

也将我年幼的松石峰儿，

带到佛堂里去。

15B

我的意中人儿[1]

若是要去学佛，

我少年也不留在这里，

要到山洞中去了。

16

我往有道的喇嘛面前，

求他指我一条明路。

只因不能回心转意，

又失足到爱人那里去了。

1.达斯本作"意中的女子"。

17A

我默想喇嘛底脸儿，

心中却不能显现；

我不想爱人底脸儿，

心中却清楚地看见。

17B

若以这样的"精诚"，

用在无上的佛法，

即在今生今世，

便可肉身成佛。

18

洁净的水晶山上的雪水，

铃荡子[1]上的露水，

加上甘露药的酵"所酿成的美酒"，

智慧天女[2]当炉。

若用圣洁的誓约去喝，

---

1. "铃荡子"藏文为klu-bdud-rde-rje，因为还未能找到它的学名，或英文名，所以不知道是什么样的一种植物。

2. "智慧天女"原文为Ye-shes-mkhah-hgro乃Ye-shes-kyi-mkhah-hgro-ma之略。Ye-shes意为"智慧"。mkhah-hgro-ma直译为"空行女"。此处为迁就语气故译作"智慧天女"。按mkhah-hgro-ma一词在藏文书中都用它译梵文之dakini一字，而dakini在汉文佛经中译音作"厂茶吉泥"，乃是能盗食人心的夜叉鬼（参看丁氏《佛学大辞典》1892页中）而在西藏传说中"空行女"即多半是绝世美人。在西藏故事中常有"空行女"同世人结婚的事，和汉族故事中的狐仙颇有点相似。

普通藏族人民常将"空行女"与"救度母"（sgrol-ma）相混。

即可不遭灾难。

19

当时来运转的际会，
我竖上了祈福的宝幡。
就有一位名门的才女。
请我到伊家去赴宴。[1]

20

我向露了白齿微笑的女子们的[2]
座位间普遍地看了一眼，
一人差涩的目光流转时，
从眼角间射到我少年的脸上。

21

因为心中热烈的爱慕，
问伊是否愿作我的亲密的伴侣
伊说：若非死别，
决不生离。

22

若要随彼女的心意，

1.这一节乃是极言宝幡效验之速。

2.在这一句中藏文有lpags-pa（皮）字颇觉无从索解。

今生与佛法的缘份断绝了；

若要往空寂的山岭间去云游，

就把彼女的心愿违背了。

23

工布少年的心情，

好似拿在网里的蜂儿。

同我作了三日的宿伴，

又想起未来与佛法了。[1]

24

终身伴侣啊，我一想到你，

若没有信义和羞耻，

头髻上带的松石，

是不会说话的啊！[2]

25

你露出白齿儿微笑，

是正在诱惑我呀

心中是否有热情，

请发一个誓儿！

1.这一节是一位女子讥讽伊的爱人工布少年的话，将拿在网里的蜂儿之各处乱撞，比工布少年因理欲之争而发生的不安的心情。工布kong-po乃西藏地名，在拉萨东南。

2.这一节是说女子若不贞，男子无从监督，因为能同女子到处去的，只有伊头上戴的松石。

26

情人邂逅相遇，[1]

被当垆的女子撮合。

若出了是非或债务，

你须担负他们的生活费啊！

27

心腹话不向父母说，

却在爱人面前说了。

从爱人的许多牡鹿[2]之间，

秘密的话被仇人听去了。

28

情人艺桌拉茉[3]，

虽是被我猎人捉住的。

却被大力的长官

讷桑嘉鲁夺去了[4]。

29

宝贝在手里的时候，

1.这一句乃是藏人民常说的一句成语，直译当作"情人犹如鸟同石块在露上相遇"；意思是说鸟落在某一块石头上，不是山鸟的计划，乃系天缘。以此比情人的相遇全系天缘。

2.此处的牡鹿，系指女子的许多"追逐者"。

3.此名意译当作"夺人心神的仙女"。

4.有一个故事藏在这一节里边，但是讲这个故事的书在北平找不到，我所认识的藏族人士又都不知道这个故事，所以不能将故事中的情节告诉读者。

不拿它当宝贝看；

宝贝丢了的时候，

却又急的心气上涌。

30

爱我的爱人儿，

被别人娶去了。

心中积思成痨，

身上的肉都消瘦了。

31

情人被人偷去了，

我须求签问卜去罢。

那天真烂漫的女子，

使我梦寐不忘。

32

若当垆的女子不死[1]，

酒是喝不尽的。

我少年寄身之所，

的确可以在这里。

1.西藏的酒家多系娼家，当垆女多兼操神女生涯，或撮合痴男怨女使在酒家相会。

33

彼女不是母亲生的，

是桃树上长的罢！

伊对一人的爱情，

比桃花凋谢得还快呢！

34

我自小相识的爱人，

莫非是与狼同类

狼虽有成堆的肉和皮给它，

还是预备住在上面。[1]

35

野马往山上跑，

可用陷阱或绳索捉住；

爱人起了反抗，

用神通力也捉拿不住。

36

躁急和暴怒联合，

将鹰的羽毛弄乱了；

诡诈和忧虑的心思，

1.这一节是一个男子以自己的财力不能买得一个女子永久的爱，怨恨女子的话。

将我弄憔悴了。

37

黄边黑心的浓云，

是严霜和灾雹的张本；

非僧非俗的班第[1]，

是我佛教法的仇敌。

38

表面化水的冰地，

不是骑牡马的地方；

秘密爱人的面前，

不是谈心的地方。

39

初六和十五日的明月[2]，

到〔倒〕是有些相似；

明月中的兔儿，

寿命却消磨尽了。[3]

1.藏文为ban-dhe。据叶式客（Yaschke）的《藏英字典》的二义：（1）佛教僧人，（2）本波ponpo教出家人。按"本波教"为西藏原始宗教，和内地的道教极相似。在西藏常和佛教互相排斥。此处bandhe似系作第二义解。

2.这一句藏文原文中有tshes-chen一字为达斯氏字典中所无。但此字为达斯氏字典中所无。但此字显然是翻译梵文mahatithi一字。据威廉斯氏《梵英字典》796页谓系阴历初六日。

3.这一节的意义不甚明了。据我看，若将这一节的第1、2两行和第42节的第1、2两行交换位置，这两节的意思好像都要更为通顺一点。据一位西藏友人说这一切中的明月是比为政的君子，兔儿是比君子所嬖幸的小人。

40

这月去了，

下月来了。

等到吉祥白月的月初[1]，

我们即可会面。[2]

41

中间的弥卢山王[3]，

请牢稳地站着不动。

日月旋转的方向，

并没有想要走错。

42

初三的明月发白，

它已尽了发白的能事，

请你对我发一个

和十五日的夜色一样的誓约。[4]

1.印度历法自月盈至满月谓之（白月）。见丁氏《佛学大辞典》904页下。

2.这一节据说是男女相约之词。

3."弥卢山王"藏文为ri-rgyal-lhun-po。ri-rgyal意为"山王"lxunpo意为"积"，乃译梵文之Meru一字。按Meru普通多称作Sumeru，汉文佛化中译意为"善积"，译音有"须弥山""修迷楼""苏迷卢"等，但世人熟知的，只有"须弥山"一句。在西藏普通称此已为rirab。古代印度人以为须弥山是世界的中心，日月星辰都绕着它转。这样的思想虽也曾传入中国内地，却不像在西藏那样普遍。在西藏没有一个人不知道rirab这个名字。

4.这一节意义不甚明了。

43

住在十地¹界中的

有誓约的金刚护法，

若有神通的威力，

请将佛法的冤家驱逐。

44

杜鹃从寞地来时，

适时的地气也来了；

我同爱人相会后，

身心都舒畅了。

45

若不常想到无常和死。

虽有绝顶的聪明，

照理说也和呆子一样。

46

不论虎狗豹狗，

用香美的食物喂它就熟了；

家中多毛的母老虎，²

1.菩萨修行时所经的境界有十地：（1）喜欢地（2）离垢地（3）发光地（4）焰慧地（5）极难胜地（6）现前地（7）远行地（8）不动地（9）善慧地（10）法云地。见丁氏《佛学大辞典》225页中。护法亦系菩萨化身，故亦在十地界中。

2.指家中悍妇。

熟了以后却变的更要凶恶。

47

虽软玉似的身儿已抱惯，

却不能测知爱人心情的深浅。

只在地上画几个图形，

天上的星度却已算准。

48

我同爱人相会的地方，

是在南方山峡黑林中，

除去会说话的鹦鹉以外，

不论谁都不知道。

会说话的鹦鹉请了，

请不要到十字路上去多话！ [1]

49

在拉萨拥挤的人群中，

琼结[2]人的模样俊秀。

要来我这里的爱人，

1.这一句在达斯本中作"不要泄露秘密"。

2.据贝尔氏说琼结Chungrgyal乃第五代达赖生地，但是他却没有说是在什么地方。据藏族学者说是在拉萨东南，约有两天的路程。我以为它或者就是hphyong-rgyas（《达斯氏字典》852页）因为这两字在拉萨方言中读音是相似的。

是一位琼结人哪！

50A

有腮胡的老黄狗，
心比人都伶俐。
不要告诉人我薄暮出去
不要告诉人我破晓回来。

50B

薄暮出去寻找爱人，
破晓下了雪了。
住在布达拉时，
是瑞晋仓央嘉措。

50C

在拉萨下面住时，
是浪子宕桑汪波，
秘密也无用了，
足迹已印在了雪上。[1]

1.当仓央嘉措为第六代达赖时在布达拉宫正门旁边又开了一个旁门，将旁门的钥匙自己带。等到晚上守门的把正门锁了以后，他就戴上假发，扮作在家人的模样从旁出去，到拉萨民间，改名叫作宕桑汪波，去过他的花天酒地的生活。待破晓即回去将旁门锁好，将假发卸去，躺在床上装作老实人。这样好久，未被他人识破；有一次在破晓未回去以前下了大雪，回去时将足迹印在雪上。宫中的侍者早起后见有足迹从旁门直到仓央嘉措的卧室，疑有贼人进去。以后根据足迹的来源，直找到荡妇的家中；又细看足迹乃是仓央嘉措自己的，乃恍然大悟。从此这个秘密被人知道了。

51

被中软玉似的人儿，

是我天真烂熳的情人。

你是否用假情假意，

要骗我少年财宝

52

将帽子戴在头上，

将发辫抛在背后。

他说："请慢慢地走[1]！"

他说："请慢慢地住。"

他问："你心中是否悲伤？"

他说："不久就要相会！"[2]

53

白色的野鹤啊，

请将飞的本领借我一用。

我不到远处去耽搁，

到理塘去一遭就回来。[3]

1."慢慢地走"和"慢慢地住"乃藏族人民离别时一种通常套语，犹如汉人之"再见"。

2.据说这一节是仓央嘉措预言他要被拉藏汗掳去的事。

3.据说这一节是仓央嘉措预言他要在理塘转生的话。藏族朋友还告诉了我一个故事，也是这位达赖要在理塘转生为第七代达赖的预言。据说仓央嘉措去世以后，西藏人民急于知道他到哪里去转生，先到箭头寺去向那里的护法神请示，不得要领。又到噶玛沙（skar-ma-shangi）去请示。那里的护法神附人身以后，只拿出了一面铜锣来敲一下。当时人都不明白这是什么意思，等到达赖在理塘转生的消息传来以后，乃都恍然大悟。原来做响锣的铜藏文作li（理），若把锣一敲就发thang（塘）的一声响，这不是明明白白地说达赖在要理塘转生吗？

54

死后地狱界中的，

法王[1]有善恶业的镜子，[2]

在这里虽没有准则，

在那里须要报应不爽，[3]

让他们得胜啊！[4]

55

卦箭中鹄的以后，[5]

箭头钻到地里去了；

我同爱人相会以后，

心又跟着伊去了。

56

印度东方的孔雀，

工布谷底的鹦鹉，

生地各各不同，

聚处在法轮[6]拉萨。

---

1. "法王"有三义：（1）佛为法王；（2）护持佛法之国王为法王；（3）阎罗为法王。（见达斯氏字典430页）。此处系指阎罗。

2. "善恶业镜"乃冥界写取众生善恶业的镜子。（可参看丁氏《佛学大辞典》2348页上。）

3. 这一节是仓央嘉措向阎罗说的话。

4. "让他们得胜啊"原文为dsa-yantu乃是一个梵文字。藏文字在卷终常有此字。

5. 系用射的以占卜吉凶的箭。（参看达斯氏《藏英字典》673页b）

6. "法轮"乃拉萨别号，犹如以前的北京称为"首善之区"。

57

人们说我的话，

我心中承认是对的。

我少年琐碎的脚步，

曾到女店东家里去过。[1]

5

8

柳树爱上了小鸟，

小鸟爱上了柳树。

若两人爱情和谐，

鹰即无隙可乘。

59

在极短的今生之中，

邀得了这些宠幸；

在来生童年的时候，

看是否能再相逢。

60

会说话的鹦鹉儿，

请你不要作声。

柳林里的画眉姐姐，

1.据说这一节是仓央嘉措的秘密被人知晓了以后，有许多人背地里议论他，他听到以后暗中
承认的话。

要唱一曲好听的调儿。

61

后面凶恶的龙魔，

不论怎样利害；

前面树上的苹果，

我必须摘一个吃。

62

第一最好是不相见，

如此便可不至相恋；

第二最好是不相识，

如此便可不用相思。[1]

1.这一节据藏族学者说应该放在29节以后。